내가 아는 루밍

KOWAI TOMODACHI
ⓒ Etsu Okabe 2024
First published in Japan in 2024 by KADOKAWA CORPORATION, Tokyo.
Korean translation rights arranged with KADOKAWA CORPORATION, Tokyo.

이 책의 한국어판 저작권은 (주)디앤씨미디어에 있습니다.
저작권법에 의해 한국 내에서 보호를 받는 저작물이므로 무단전재와 복제를 금합니다.

怖いトモダチ

내가 아는 루민

오카베 에쓰 지음 ◆ 최현영 옮김

REAᗺbie

독자 여러분께.

지금부터 저는 어느 '친구'에 관해,

관계자들을 직접 만나 이야기를 들어 보는 조사를 시작합니다.

'좋은 사람', '악마', 증언이 엇갈립니다…….

진실을 말하는 사람은 누구이며,

친구의 실체는 대체 무엇일까요?

알면 알수록 오리무중에 빠져드는 진실.

그 미스터리의 세계로 여러분을 초대합니다.

등장인물의 한마디

류 엄마
이 나이에 존경할 수 있는 사람을 만나다니, 이것도 행운이지? 좋아하는 친구들에게 이 행복을 나눠 주고 싶어. 그리고 함께 성장하고 싶어. 그런 식으로 생각하게 된 것도 나카이 루민 씨 덕분이야! 정말 감사해!

유키 엄마
내가 팔자 좋은 전업주부로 보일지 몰라도 실은 고민이 산더미였어. 그런 내게 공감해 준 루민 씨에게 큰 위로를 받았지. 그녀가 대단한 건 그것뿐만이 아니라, 한 걸음 앞서서 다른 사람을 이끌어 준다는 거야.

살롱 탈퇴 회원 S
그녀는 엄청난 카리스마의 소유자이다 보니, 이상한 팬도 나타났어요. 그런 난감한 사람에게도 공감해 주고 상냥하게 보듬어 주는 루민 씨는 정말 신과 같은 존재였어요. 온라인 살롱 사람들의 열성을 따라갈 수 없어서 탈퇴했지만, 저는 앞으로도 영원히 그녀의 팬이에요.

오이시 기라리
그 사람을 악마라고 말해도 아무도 믿어 주지 않고, 이야기도 들어 주지 않았어요. 그래서 계속 기다렸죠. 저와 마찬가지로, 그 사람에게 당한 피해자를 만나기를. 그리고 누군가가 그 사람의 정체를 폭로해 줄 날을.

유미

아오이는 나에게 트라우마로 남아 있어요. 어른이 된 지금도 아오이와 같은 반이었을 때 당한 일을 떠올리면 숨이 막혀요. 아오이와 있으면 나 자신을 잃었어요. 마치 마음을 조종당하는 것 같았어요.

가오리

유미의 전화에는 정말 질렸어. 수십 년이나 지난 사건을 끄집어내서 모리 아오이를 마치 극악무도한 사이코패스 취급하다니. 만약 그게 사실이라고 해도 나는 지금 유미가 휘두르고 있는 정의의 칼날이 더 무섭다니까.

사요의 오빠

모리 아오이요? 정말 좋은 아이였어요. 아버지도 어머니도, 그 애가 오면 기뻐하셨어요. 그 애 덕분에 사요가 다시 학교에 가게 된 거라고 생각하셨거든요. 저희는 두 사람이 절친한 친구라고 생각했어요. 아니, 그렇게 생각하고 싶었던 걸지도 모르지만요.

도미노 미치타카

아오이는 결혼했던 사실을 공개적으로 밝히지 않지요. 저와의 일은 틀림없이 흑역사인 거예요. 기억에서 이미 지워진 게 아닐까요? 어쩔 수 없는 일이에요. 저는 아오이가 꿈꾸었던 결혼 생활을 주지 못했으니까요.

사요
그 애는 무서운 능력의 소유자예요. 한번 먹잇감으로 찍으면 철저하게 짓밟아 버려요. 그래서 몇 년씩이나 괴로움에 시달리죠. 그 순수한 표정과 나긋나긋한 행동, 훌륭한 말솜씨에 속으면 절대 안 됩니다. 전부 가짜예요.

오카다 와타루
나카이 루민 말이오? 아, 대단한 사람이지. 진정한 야심가였어. 그렇게 물불 안 가리는 사람이 결국 성공하는 법이지. 또 나카이는 사물의 본질을 꿰뚫어 보는 능력이 탁월했어요. 글쟁이라면 자고로 그 정도로 저돌적인 면모가 있어야지.

사사이 쓰네코
나카이 씨는 정상적인 범위를 벗어난 면이 있었어요. 스위치가 켜진달까, 저에게 분노를 쏟아 낼 때 느꼈어요. 전혀 다른 사람으로 변했거든요. 그때 이후, 나카이 씨가 쓴 글은 읽을 마음이 들지 않더라고요.

노무라 지사토
루민 씨는 정말 훌륭한 작가예요. 특히 저처럼 자기 생각을 정확히 표현하는 데 서툰 사람들을 위한 위대한 대변자예요. 읽을 때마다 감동을 주는 글을 끊임없이 쓰다니, 얼마나 대단한 재능인가요.

바바 쇼코
그 여자는 인간도 아니에요. 도통 말이 통하지 않는다니까요. 잘못을 지적하면 '오해'라며 이쪽을 비난하고, 설명하려고 해도 귀를 막고 울고불고한답니다. 그런 사람은 인간도 아니에요. 하물며 카리스마라니, 나 참.

도모토 에리
음, 성공한 사람은 늘 질투의 대상이죠. 하지만, 루민 씨는 천사 같은 사람이라서 시기받는 것도 못 견뎠어요. 그런 섬세한 부분도 매력적이죠. 앞으로도 제가 그녀를 지키며 더더욱 빛나게 할 거예요.

구라타 도모아키
그 인간만 없었으면 아내가 그렇게 괴로움에 시달리지 않았을 거예요. 그 인간은 악마예요. 사람의 마음을 가지고 놀고 먹잇감으로 삼아요. 그렇게 사람을 밟고 올라서서는 성인군자 같은 얼굴로 뻔뻔하게 박수갈채를 받다니요. 용서할 수 없습니다.

시라카와 다카시
나카이 루민 씨와는 멋진 일을 함께할 수 있었습니다. 무엇보다 강력한 팬들이 있어요. 광신도라고 해도 과언이 아닐 정도로 열정적인 사람들이죠. 만인의 심금을 울리는 글을 쓸 수 있다니 막강한 능력이에요. 앞으로도 기세를 몰아 책을 팔아 보겠습니다.

나카이 루민
제가 살롱 회원들에게 가장 많이 듣는 말은 "고맙습니다."예요. 생각해 보면 어린 시절부터 그랬어요. 천재도 아니고 절세 미녀도 아닌 저에게 어느새 사람들이 모여들고 감사의 마음을 전해 줍니다. 이 얼마나 행복한 일인가요!

1
류 엄마의 첫 번째 이야기

잘 지냈어? 면담, 지금 끝난 거야? 난 이다음.

학교 행사 오랜만이다, 코로나 때문에 전부 취소됐었잖아. 애들이 진짜 안쓰러워. 최근 들어서 겨우 정상적으로 돌아가고 있긴 하지만 수업 진도가 꽤 뒤처져서 걱정스럽다니까. 초반에는 온라인 수업도 계속 지연되었고. 얼마 전에 우연히 유키 엄마를 만났거든. 맞아, 같은 유치원 다녔던 유키. 그 집은 사립 초등학교 보냈잖아? 이야기를 들어 보니까 여기하고는 완전히 천지 차이더라고. 온라인시스템도 곧바로 정비하고 학사 일정도 정상적으로 운영되었대. 우리랑 너무 달라서 한숨이 나오지 뭐야.

그건 그렇고 개인 면담은 어땠어? 특별한 건 없었고? 아, 그래.

있잖아, 기노시타 선생님 일로 나 좀 맘에 걸리는 게 있어. 가끔 좀 신경질적이지 않아? 맞아, 그거. 지난번 온라인 국어 수업 때 일 말이야. 자기네 아들 쇼가 선생님이 칠판에 쓴 게 틀렸다고 지적했을 뿐인데, "그런 식으로 말하면 선생님이 슬프잖아요." 이러면서 신경질적으로 반응했잖아. 초등학교 2학년을 상대로 교사가 그렇게 말하다니, 말이 돼? 나, 깜짝 놀라서 옆에 있다가 류의 태블릿을 흘긋 들여다봤다니까. 옆에 부모가 있다는 걸 뻔히 알 텐데 아무렇지도 않게 그런 태도를 취할 수 있다는 것도 무서워.

 그거, 학부모가 불만을 제기해도 될 수준이라고 생각되는데 혹시 면담 때 말했어? 그렇지, 아무래도 무리지? 나도 알지. 그렇게 한다고 해서 담임을 바꿔 줄 것도 아니고, 선생님이 순순히 반성하고 태도를 바꾸리라는 보장도 없으니까. 반대로 진상 학부모로 찍혀서 애한테 피해가 갈 수도 있는데 사실 그게 제일 무섭지. 이대로 꾹 참다가 내년에는 꼭 좋은 담임을 만나도록 비는 수밖에 없는 건가?

 그런데 말이야, 그게 맞나 싶어. 아무도 목소리를 내지 않으면 그 선생님이 맡는 반 아이들은 앞으로도 계속 그런 일을 당해야 하잖아? 그게 부모로서, 어른으로서 옳은 일일까? 할 말은 확실하게 해야 하지 않을까?

　아유, 놀랐어? 알아, 내가 이런 말 하는 타입이 아닌 거. 불만을 제기해 봤자 의미 없다, 내가 상황을 바꿀 힘이 있는 것도 아니고, 주제넘은 짓을 하다가 손해 보느니 가만히 있는 게 낫다는 부류의 사람이었지. 아냐, 괜찮아. 그게 사실이니까.

　사실은, 재택근무가 늘어서 여유 시간이 좀 생겼거든. 그래서 공부를 시작했어. 아니, 학교는 아니고, 온라인 살롱. 맞아, 요즘 유행이잖아. 내가 가입한 곳은 나카이 루민 씨라는 사람이 운영하는 살롱이야. 루민 씨 알아? 모르는구나. 에세이를 한 권 출간한 작가인데 정말 사고방식이 멋진 사람이야. 루민 씨가 쓴 글을 읽다 보면 눈을 덮고 있던 비늘이 떨어지고 세상이 넓어진다고 할까. 살롱에서 직접 루민 씨랑 교감하면서 점점 더 시야가 확장되는 느낌이야. 내 의식이 변화된 것 같아.

　아니, 그런 수상한 곳 아니야. 다단계 마케팅이나 사이비 종교도 아니라니까. 유키 엄마도 가입했어.

　괜찮으면 이거 빌려줄게.《당신은 더 빛날 수 있다!》. 루민 씨가 쓴 책이야. 읽어 보고 맘에 들면 온라인 살롱도 같이 하자. 아니, 진짜 포교 그런 거 아니라니까. 내가 너무 좋아서 그냥 추천하는 거야. 정말, 그뿐이야.

하긴, 수상하다는 말을 하는 것도 이해가 안 되는 건 아니야. 그 책을 읽고 "구원받았다.", "인생이 바뀌었다."라고 말하는 사람이 상당히 많으니까. 나도 그중 한 사람이고. 내 인생을 바꾼 한 권의 책이라고 해도 과언이 아니야. 어떻게 바뀌었냐고? 나 자신의 부정적인 감정과 사고를 직면할 수 있게 되었어. 이게 쉬운 것 같지만, 여간 어려운 게 아니거든.

 사람에게는 누구나 이상이 있잖아? 존경하는 위인이라든가 동경하는 스타라든가, 저렇게 되고 싶다는 이상. 그 이상과 실제 자신의 모습에는 반드시 괴리가 있게 마련이지. 그리고 그 괴리를 좁혀 가다 보면 이상적인 모습에 가까워질 수 있어. 그렇다면 이상적인 자신이 되는 것이 마냥 어렵기만 한 건 아닐 거야. 그런데 사람들은 보통 아무리 시간이 흘러도 이상적인 모습이 되지 못하잖아. 동경의 대상인 그 사람이라면 이런 상황에서 절대 회피하지 않을 거라는 것을 알면서도 그만 회피해 버리기도 하고, 그 사람이라면 이런 나쁜 짓은 하지 않을 거라고 생각하면서도 저도 모르게 나쁜 짓을 저지르기도 해. 그러면서도 별로 자기혐오를 느끼지 않고 태연하게 살아갈 수 있는 것은 자신의 못난 부분을 외면하기 때문이잖아? 자신을 속이는 거지.

 루민 씨는 그 부분을 찌르는 거야. 루민 씨 자신이 자기의 부정적인 면을 직시하며 인생을 살아온 사람이기에 우리 회원들에게도 두 눈 크게 뜨고 자신을 직시하라고 강하게 주장해. 마음속 저 깊은 곳까지 꿰뚫어 보고 밑바닥에 가라앉아 있는 것을 찾아내라고 말이야. 그걸 해냈을 때의 감동, 이해하려나. 아하하, 무슨 말인지 모르겠지? 미안 미안, 내가 말이 너무 많았다. 어쨌든 일단 한번 읽어 봐. 재미없으면 바로 돌려줘도 되니까.

참고로 살롱은 거의 주말마다 열리는 온라인 미팅이 메인이야. 미리 주제를 알려 주고 그 주제에 관해 참가자 전원이 토론하는 형태로 진행돼. 우선 소그룹으로 나눠서 토론한 후에 각 그룹의 대표가 전체 참가자 앞에서 그룹 의견을 발표해. 그러고 나서 또다시 깊이 있는 토론을 하는 방식이야. 결론을 내는 것이 목적이 아니라, 자기 견해를 가지는 것을 중시해. 분위기가 아주 훈훈해. 가끔 난감한 이야기를 하는 사람도 있긴 한데 전체적으로 평화로워. 험담은 금지이기도 하고. 무엇보다 생각하는 힘이 붙고 있다는 걸 스스로 느껴. 그게 너무 좋아.

사람들은 무의식적으로 매일의 삶 속에서 자기 머리로 충분히 생각하며 행동한다고 믿겠지만, 의외로 그렇지 않거든. 살롱 토론에 참여하면서 그걸 절실히 깨달았어. 난 있잖아, 내가 스스로 생각하는 사람인 줄 알았는데 인터넷이나 텔레비전에 상당히 영향을 받으면서 이리저리 휩쓸리며 살고 있더라고. 전혀 내 머리로 생각하는 게 아니었어.

  실은, 지난 주말 토론 주제가 [아이 학교에 불만 제기하기]였거든. 응, 맞아, 내가 제안한 주제였어. 온라인 수업 때 쇼가 겪은 일도 있고 해서 꼭 아이를 인질로 잡힌 듯한 기분이 자꾸 들더라. 그런 내가 싫어져서 다른 분들 의견도 듣고 싶었어. 그래서 루민 씨와 상의했더니 의제로 올려 주신 거야.

  이 미팅에서 예상외로 열띤 토론이 이루어진 거 있지. 회원 중에는 아이가 있는 사람도 많고 학교나 학원 선생님도 있어서 다양한 의견이 나왔어. 그 의견들도 듣고 서로 이야기를 주고받는 사이에 점점 내가 정말 말하고자 했던 게 무엇인지 확실히 정리되었어.

  그래서 마음먹은 김에 내 생각을 정리해서 면담 때 기노시타 선생님에게 말해 볼 생각이야.

  아휴, 그렇게 보지 마. 걱정하지 않아도 돼. 쇼 이름은 입 밖에도 내지 않을 테니까. 그냥 내 의견을 정중하게 전달하는 것뿐이야. 선생님을 비난하거나 따지지 않을 거야. 안심해. 하지만, 한 사람 정도 이런 학부모도 있다는 걸, 선생님께 알려 주는 것도 나쁘진 않잖아?

에이, 왜 아까부터 그런 표정 짓고 그래. 알았어, 알았어, 자백할게. 상당 부분, 루민 씨에게 들은 이야기야. 영향을 너무 많이 받은 거 아니냐고? 하지만, 이런 건 좋은 영향이잖아? 살롱에 들어간 후, 회사에서의 인간관계도 좋아졌어.

그러는 자기도 아까부터 책장을 넘기면서 흘끗흘끗 보고 있잖아. 응, 아니라고? 그럼 뭘 보고 있는 거야? 아, 루민 씨 사진. 얼굴도 예쁘지? 마음은 더 아름다운 사람이야. 정말 닮고 싶다니까.

2
유키 엄마의 이야기

 나카이 루민 씨의 온라인 살롱? 응, 가입했는데, 누구한테 들었어? 아, 류 엄마, 그랬구나. 맞아, 류 엄마의 추천으로 가입했어. 류 엄마가 권했다고? 역시.

 응, 즐겁게 활동하고 있어. 류 엄마가 하도 그러니까 처음에 좀 부담스럽긴 했는데, 실제로 온라인 미팅에 체험 참여를 해 봤더니 정상적인 모임이더라고. 그래서 정식으로 가입했지. 루민 씨도, 정말로 멋진 사람이야. 우리를 적극적으로 이끌어 주고, 생각하는 훈련을 시켜 줘.

 하하하, 맞아, 맞아. 류 엄마는 루민 씨의 열광적인 팬이라서 그런지 그런 식으로 말하더라. 하지만, 내가 봐도 지극히 평범

하고 정상적인 모임인 건 확실해.

  루민 씨에 대해 알고 싶은 거야? 응, 《당신은 더 빛날 수 있다!》 읽었지. 그건 정말 명작이야. 내가 류 엄마의 열의에 부담을 느끼면서도 살롱에 체험 참여를 했던 건 그 책을 읽었기 때문이거든. 줄곧 가슴속에 꽉 응어리져 있던 것을 하나하나 언어로 표현해 주니까 얼마나 공감하면서 읽었는지 몰라.

  유치원 때는 거의 이야기하지 않았지만, 나도 꽤나 고민이 많거든. 팔자 좋은 전업주부라고 생각했지? 겉보기만 그런 거였어. 2세대 주택이라고는 하지만, 시어머니, 시누이들이랑 거의 한집에 사는 거나 마찬가지야. 남편에게 누나가 세 명이나 있는 데다가 두 명은 도쿄 내에 살거든. 안 봐도 뻔하지 않아?

  지금이니까 말하는 거지만, 작년에 나 원형탈모증이 생겼잖아. 형님네 아이랑 우리 유키가 동갑이라서 초등학교 입시를 같이 치렀는데 유키는 붙고 형님네 아이는 떨어졌거든. 지옥도 그런 지옥이 없더라고. 이런 결과를 우려해서 나는 처음부터 공립학교를 희망했는데 시어머니, 시누이들뿐만 아니라 남편까지 합세해서 유키를 남편 모교에 보내고 싶어 했어. 내 심정 따위, 눈곱만큼도 생각해 주지 않았지. 먼저 형님네 아이가 추첨에서 떨어진 후에 나는 우리 애도 떨어지길 진심으로 기도했다니까.

어이없지? 그런데 덜컥 합격해 버렸지 뭐야. 그리고 새 학기가 시작되고 나니까 머리카락이 빠지기 시작하더라고.

지금은 괜찮아졌으니까 걱정 안 해도 돼. 형님과 적당한 거리를 유지하는 법도 알게 됐고, 애들끼리 친하게 잘 지내니까 얼마나 다행인지 몰라. 그리고 루민 씨 온라인 살롱도 나에게는 큰 힘이 되는 존재였어.

가입한 지 얼마 안 되었을 때 열렸던 미팅에서 우연히 [나를 싫어하는 사람에게 어떻게 대처할까]라는 주제로 토론한 적이 있어. 그야말로 절묘한 타이밍이었지. 그때 내가 속한 소그룹은 젊은 사람이 많아서 직장이나 학교의 인간관계 이야기가 주를 이루었고, 가족 이야기를 한 사람은 나밖에 없었는데 다들 큰 관심을 가지고 들어 주었어. 전체 발표 전에 루민 씨가 그룹마다 잠깐씩 들르는데, 루민 씨도 내 이야기에 깊은 관심을 보이더라고.

"초등학교 입시 결과가 나온 이후 형님의 태도나 말투가 사사건건 적대적이었군요. 정말 괴롭겠네요. 게다가 다른 시댁 식구뿐만 아니라 남편도 마음을 몰라주고. 감싸 주는 사람도 없고. 고립무원 상태잖아요. 얼마나 힘들겠어요."

그렇게 진심으로 공감해 주니 나는 눈물이 왈칵 쏟아질 뻔했어. 그런데 루민 씨가 갑자기 이런 말을 하는 거야.

"형님도 괴로울 거예요. 자기 아들이 입시에 실패한 것보다도 사랑스러운 조카의 합격을 순수하게 기뻐할 수 없는 자신이 너무 한심하니까요. 당신에 대한 태도가 그 연장선 위에 있는 거라면 그건 단순히 심술만은 아닐 수도 있어요. 내면에서 한심한 자신과 씨름하느라 너무나 괴로운 나머지 본의 아니게 거친 태도가 나와 버렸고, 그 모습이 당신에게는 심술로 보인 게 아닐까요?"

이 말에 순간 발끈해서, 되받아쳤지.

"저는 항상 형님 눈치를 살피고 있어요. 아들이 합격했을 때도 속으로는 정말 기뻤지만, 기쁜 내색도 하지 못했어요. 지금도 형님 앞에서는 되도록 아들 학교 이야기는 하지 않으려고 노력하고 있다고요. 영문도 모른 채 미움받으며 괴로움에 시달리는 건 바로 저예요."

그러자 루민 씨는 이렇게 반박하더라고.

"당신은, 형님에 대한 배려 때문에 아들의 입시 성공을 진심으로 기뻐할 수 없었던 거네요. 그건 속상한 일이죠. 하지만 그런 배려가 꼭 필요했을까요? 개의치 말고 크게 기뻐하며 가족이 모두 함께 축하했다면 좋지 않았을까요?"

"그러면 더 미운털이 박혔을 거예요."

"그럼 입장을 바꿔 만약 형님이 자기 아이가 합격했는데 기쁜 내색을 하지 않고, 학교 이야기도 하려고 하지 않는다면 당신은 어땠을 것 같아요? 마음을 써 줘서 고맙다는 생각이 들까요?"

눈이 번쩍 뜨이지? 나도 깜짝 놀랐다니까. 내가 '배려'라고 생각해서 한 행동들이 형님 눈에 어떻게 비쳤을까 상상해 보니 '아, 그렇구나.' 싶더라고. 게다가 미움받기 전에 내가 먼저 형님을 싫어했다는 것도 새삼스럽게 깨달았어. 형님이 맘에 들지 않으니까 어떤 태도로 날 대해도 심술로 받아들였던 거지.

그 사실을 깨달았다고 해서 갑자기 형님이 좋아진 건 아니지만, 나 자신을 한층 더 깊이 이해할 수 있게 되어서 마음이 편안해졌어.

살롱 미팅은 매번 이런 방식으로 이루어져. 주제는 다양한데, 모두 일상 속에서 흔히 접할 수 있는 관심사들이라서 흥미가 가지 않는 미팅은 한 번도 없었어. 매번 새롭게 생각하는 법을 배우고 오는 듯한 기분이 들어. 그래서 미팅이 끝나고 집에 오면 그대로 침대에 쓰러져 버릴 정도로 피곤하긴 하지만, 정말 뿌듯하고 기분이 좋아. 성취감을 느낀달까.

류 엄마가 친한 친구들의 얼굴을 볼 때마다 살롱에 참가하라고 권하는 건 바로 그 때문일 거야. 나 외에도 몇 명 더 가입하지 않았을까?

나카이 루민 씨를? 아니, 직접 만난 적은 없어. 이전에는 도쿄 내의 카페 같은 곳에서 모였다고 하는데 코로나 이후에는 전부 온라인으로 진행하거든. 하지만, 그 덕분에 지방에 사는 회원이 늘어서 오히려 잘됐다고 루민 씨가 그러더라고. 자기도 지방 출신이라서 기쁘다고.

출신지? 글쎄, 그건 들어 본 적이 없어. 그러고 보니 루민 씨가 사적인 이야기를 하는 건 거의 본 적이 없네. 책의 프로필에도 나이나 출신지는 쓰여 있지 않고. 이름도 틀림없이 필명일 거야. 나이는 나보다 많을 것 같긴 한데 외모 자체가 아주 젊어 보이는 데다가 스타일도 개성적이라서 나이 차이를 못 느껴. 결혼했냐고? 글쎄. 그러고 보니 그런 이야기도 들어 본 적이 없네. 지난번 소그룹에서 형님 이야기로 열띤 토론이 벌어졌을 때 분위기에 이끌려 모두 자기 가족 이야기를 한마디씩 했는데 루민 씨는 아무 말도 하지 않았어. 뭐, 자기 이야기 하는 걸 좋아하지 않는 사람도 있으니까. 게다가 가족 이야기는 결국 자랑으로 끝나는 경우가 많으니까, 그런 의미에서 살롱 운영자로서 의식적으로 삼가는 건지도 모르지.

어쨌든 루민 씨는 정말 멋진 사람이야. 살롱 회원 모두가 존경해.

우리 회원들 표어는 "다 같이 행복해지자."야. 눈앞을 가로막는 문제에 어떤 식으로 대처하는 것이 최적의 방법인지 철저하게 생각하는 훈련을 함으로써 다 같이 행복해지자는 의미야. 그게 루민 씨가 살롱을 시작한 목적이라고 했거든.

뭐랄까, 그 살롱에 있으면 내가 혼자가 아니라는 생각이 들어. 그래서 안심이 돼. 이게 다 루민 씨의 인덕이지.

어떻게 할래? 가입해 볼 마음이 들어? 그래, 좀 더 생각해 봐.

3
나카이 루민의 에세이
〈온라인 살롱에서 행복해지자〉

사람들과 연결되고 싶다.

그런 생각으로 온라인 살롱을 시작한 지 곧 이 년이 된다.

보통 온라인 살롱을 시작할 때는 명확한 콘셉트를 정하고 운영 스태프도 모집한 후 비즈니스의 틀을 갖추고 추진하는 것이 정석이겠지만, 나는 그저, 사람들과 연결되고 싶다는 열망에 이끌려 이 모임을 시작했다.

그렇게 어설픈 모임이었는데도 열 명 남짓한 분들이 등록해 주셨다. 에계, 고작 열 몇 명? 이런 말을 들을 법도 하지만, 사람들과 연결되고 싶었던 나에게는 충분한 숫자였다.

수도권 거주자가 많았기 때문에 자주 도쿄 내에서 모였다. 이 살롱을 어떻게 꾸려 나갈까, 그곳에서 그분들과 상의하며 정했다.

그렇기에 초기 회원분들은 거의 운영 스태프라고 해도 과언이 아니었다. 그분들의 열의와 행동력에 힘입어 나의 온라인 살롱은 움직이기 시작했고 점점 성장해 갔다. 그래서 나는 그분들과의 인연에 각별한 애정을 느낀다.

[우리는 무엇을 하기 위해 모였는가?]

하나의 주제를 정하고 그 주제에 관해 깊이 있게 생각하는 것을 목표로 하는 그룹 미팅은 모임을 거듭할수록 근사한 성과를 올리게 되었는데, 우리가 토론한 첫 번째 주제는 바로 그것이었다.

여러 가지 의견이 나왔다.

- **사람들과 연결되고 싶다 (이것은 나의 제안이었다).**
- **업무에 도움이 되는 정보를 교환하고 싶다.**
- **무언가 하나의 목표를 정하고 회원들과 함께 이루어 내고 싶다.**
- **누군가에게 속상한 마음을 털어놓고 싶고, 누군가의 속상한 이야기를 들어 주고 싶다.**
- **고민 상담.**
- **다 같이 무언가를 깊이 있게 생각해 보고 싶다.** ……etc.

모든 제안이 공감되고 수긍이 갔지만, 딱 이거다 싶은 것은 없었다.

거창한 간판을 내걸 생각은 없었으나, 이왕에 나카이 루민의 이름으로 모였으니 내가 이곳에 있는 의미도 부여하고 싶었다.

그래서 나는 그곳에 모인 분들께 한 가지 질문을 던졌다.

"왜, 저의 살롱에 가입하려고 생각하셨나요?"

그러자 놀랍게도 회원 모두가 똑같은 답을 하는 것이었다.

"행복해질 수 있을 것 같아서요."

나는 깜짝 놀랐다. 전혀 상상하지 못한 응답이었기 때문이다.

회원들은 이구동성으로 나의 저서를 읽고 행복해졌다고 했다. 그래서 내가 운영하는 온라인 살롱에 참가하면 틀림없이 더욱 행복해질 수 있으리라고 생각했다는 것이다.

"그럼 다 같이 행복해집시다!"

내가 이렇게 말하자 모두가 "와!" 하며 주먹을 들어 올렸다. 그리고 서로 마주 보고 깔깔 웃었다.

그날부터 우리 살롱의 표어는 "행복해지자."가 되었다.

행복의 이유는 사람마다 다르다. 하지만, 행복한 기분은 모두가 공유하고 공감할 수 있다.

'정말 멋지다', '나답다' 이런 생각이 들었다. 그렇기에 나는 행복한 기분에 흠뻑 빠질 수 있었다.

　이렇게 시작된 나의 온라인 살롱은, 별다른 홍보도 하지 않았는데 어느덧 천 명이 넘는 회원이 가입했다. 그야말로 남녀노소, 각양각색의 사람들이 모였다. 정말 고마운 일이다.
　수많은 사람을 통솔하는 것이 힘들지는 않은지 질문을 자주 받는다.
　물론 사람이 많이 모이면 모일수록 개성이 다양해지므로 문제도 있고 반목도 생긴다. 그러나 많은 분이 상상하시는 것처럼 힘든 일은 아니다.
　그것 또한 "행복해지자."라는 표어 덕분이라고 생각한다. 각자의 사고방식이 다르고 추구하는 가치가 다르며 각자가 믿는 정의(正義)가 다르더라도 서로의 행복을 생각함으로써 우리는 마음을 한데 모을 수 있다.
　행복을 얻고자 하는 사람들이 모여서 하나의 주제에 관해 생각하고 지혜를 모으고 고민에 고민을 거듭함으로써 혼자서는 생각조차 하지 못했을 발상을 하기도 하고, 때로는 새로운 길을 개척하고, 또 때로는 넘어지기도 하면서 목적지에 도착한다.
　나는 그 여정을 돕는 일을 한다. 어디까지나 힘을 보탤 뿐, 가르치거나 지도하지 않는다. 그것이 매우 절묘한 균형을 창조해 내고 있다고 자부한다.

  며칠 전, 어느 회원에게서 아들의 학교 관련 건으로 상담 의뢰를 받았다. 선생님과의 신뢰 관계가 흔들리고 있다는 것이 고민의 내용이었다. 이 문제는 모두 함께 생각해 볼 가치가 있다고 판단했다.

  어느 안건을 의제로 올리면 하나의 세계가 생겨난다. 콕 꼬집어 표현하기는 어렵지만 나는 항상 그렇게 느낀다. 그곳에 있는 사람들의 뇌가 언어라는 끈으로 연결되어 유기적인 무언가를 만들어 가는 느낌이 든다.

  타인의 생각을 들여다볼 수는 없지만, 서로 자기 생각을 전달할 수는 있다. 자기 생각을 전하고 타인의 생각을 받아들임으로써 각자의 사고가 서로 자극받으며 굴러간다. 전달의 끈, 즉 언어의 길이 점점 길어지고 넓어지면서 방향을 정해 간다. 그 모습이 마치 세계가 창조되어 가는 느낌이다.

[어떻게 하면 학교 선생님과 신뢰 관계를 쌓을 수 있을까?]
- **진상 부모로 오해받지 않으려면 어떻게 해야 할까?**
- **무엇을 하면 어떤 영향이 자녀에게 미칠까?**
- **무엇을 하지 않으면 어떤 영향이 자녀에게 미칠까?**

- 애초에 학교란 무엇인가?
- 이상과 현실의 차이를 메우기 위해서는 어떻게 해야 할까?

서로의 고민이 언어로 연결되고 전달되며 데굴데굴 움직이기 시작했다. 초반에는 제각각 움직이던 것이 점점 같은 리듬을 타고 움직이더니 이윽고 하나가 되어 지향하는 목적지를 향해 나아갔다.

이날 회원들 사이에서 논의된 이야기는 나중에 매우 멋진 열매를 맺었다. 처음에 상담을 의뢰했던 회원분이 실제로 선생님과 진심 어린 대화를 함으로써 마음의 거리를 좁히는 데 성공한 것이다.

이렇게 행복이 또 하나 늘었다!

이런 일이 있을 때 우리는 모두 함께 축하한다. 한 사람의 행복을 모든 회원이 공유하는 것이다. 그렇게 타인의 행복을 축하할 때 자신도 행복해진다. 이렇게 켜켜이 쌓여 가는 행복이 나카이 루민 온라인 살롱의 전부라고 자신 있게 말할 수 있다.

누구든 환영합니다. 궁금하신 분은 꼭 참가해 보세요.

4
살롱 탈퇴 회원 S의 이야기

 아, 네, 맞아요. 반년 전까지 루민 씨의 온라인 살롱 회원이었어요. 트위터를 검색하시다가 저를 발견하셨다고 하셨죠? 그렇게 한참 전에 올린 트윗은 저도 잊어버리고 있었는데 연락이 와서 깜짝 놀랐어요.

 살롱에 가입할지 말지 고민하고 계신다고요. 그러면 저 같은 탈퇴 회원 말고, 현재 활동 중인 회원에게 물어보시는 게 더 낫지 않을까요? 몇 명, 소개해 드릴 수 있는데요. 아니라고요? 그만둔 회원에게 묻고 싶으신 것이 있다고요? 아, 그렇군요. 뭐가 궁금하시죠?

 제가 가입하게 된 계기요? 루민 씨의 블로그였어요. 루민 씨는 책을 출간하기 전부터 오랫동안 블로그를 운영해 왔는데 저는 그즈음부터 독자였어요. 그러니까 골수팬이라고 할 수 있죠. 살롱 회원 번호도 한 자릿수예요.

  그만둔 이유요? 아니요, 트러블이 있었던 건 아니에요. 한심하지만, 경제적인 이유 때문이에요. 코로나로 아르바이트가 줄어 버리는 바람에 월 회비 3천 엔 내는 것도 빠듯해졌거든요. 살롱 회원들은 OTT 구독을 몇 개 끊으면 되지 않냐고 하는데 그러면서까지 계속할 생각은 없어서요.

  아니요, 살롱 자체는 전혀 문제없었어요. 아주 좋은 공부도 되었고 회원들도 다 좋은 사람들이었어요. 하지만 내부 분위기라고 해야 하나, 모두 너무 열정적이다 보니 그 열정을 조금 따라가기 벅찬 면이 없지 않아 있었어요. 음, 제 머리가 안 좋아서인지 미팅에서 거의 발언을 못 하기도 했고요.

  루민 씨요? 그 사람은 정말 대단해요. 그런 걸 카리스마라고 하는 걸까요. 사람을 끌어당기는 힘이 있는 사람이었어요. 그래서 살롱 회원 수는 매월 꾸준히 늘었어요. 그만두는 사람이 거의 없으니까 그런 거죠. 저는 꽤 드문 경우예요.

  저 외에 그 살롱을 그만둔 사람이요? 딱 한 사람 알아요. 저보다 조금 앞서 탈퇴한 사람이 있었어요. 탈퇴 이유요? 흠, 가입을 고민 중인 분에게 쓸데없는 이야기는 그다지 하고 싶지 않은데…….

 비밀로 해 주실 수 있어요? 간단히 말하면 그 사람은 강제로 탈퇴당했어요. 광적인 팬이라고 해야 하나, 좀 선을 넘어 버린 사람이었거든요. 그런 사람들에게 시달리는 것도 카리스마가 있는 존재의 숙명인 걸까요.

 글쎄요, 루민 씨가 구체적으로 어떤 피해를 입었는지 자세히 아는 건 아니에요. 코로나 전, 아직 회원 수가 적었던 시절에는 도쿄 내의 카페나 구민 센터 등에서 모이는 일이 많았는데, 그럴 때 집요하게 시비를 걸었다는 것 같아요. 집까지 쳐들어갔다는 소문도 있었어요. 어쨌든 그런 문제 행동 때문에 잘렸어요.

 네, 저도 면식은 있었어요. 같은 그룹에서 토론에 참여한 적도 있고요. 제 눈에 그때는 정상적인 사람으로 보이긴 했어요. 좋게 말하면 성실하고, 나쁘게 말하면 융통성이 없는 인상이었어요. 완고하달까, 고집스럽달까. 그런데 살롱 활동에는 누구보다 적극적이었던 것 같아요. 루민 씨에게 인정받고 싶어서 혈안이 되었던 걸까요?

 앗? 그 사람을 만나고 싶으시다니, 진심이세요? 왜요? 다양한 관점에서 의견을 듣고 싶으시다고요? 이해가 안 되는 건 아니지만, 상당한 악취미네요. 그 사람은 정상이 아니에요. 나카이 루민의 스토커였다니까요.

그보다 대체 어떤 점 때문에 가입을 망설이고 계신 거예요? 무료 체험도 할 수 있으니까 우선은 직접 참여하셔서 체험해 보시면 어때요? 손해가 되지는 않을 거예요. 회원이었던 제가 보장해요.

네? 마음이 약해서 무료 체험에 갔다가 반강제로 덜컥 가입하게 될 것 같다고요? 에이, 그런 강압적인 곳은 아니에요. 그 예로 제가 그만둘 때도 운영진이 가타부타 참견하지 않고 순조롭게 처리해 주었어요. 걱정하지 않으셔도 돼요. 그만두는 사람이 없는 이유는 운영진이 그만두지 못하게 만류해서가 아니라 그만큼 매력적인 살롱이기 때문이에요.

그 스토커랑 연락하냐고요? 설마요, 연락 따위 하지 않아요. 메일 주소도 전화번호도 몰라요. 아, 하지만, 그 여자, 살롱 막 그만두었을 때 블로그를 했었거든요. 그게 아직도 인터넷에 있으면 블로그를 통해 연락이 닿을지도 모르겠네요. 그 사람, 살롱에서 쫓겨난 후 한동안, 그 블로그에서 루민 씨를 헐뜯었어요. 정말 성미가 고약한 사람이에요.

블로그 이름은 아마 '오이시 기라리 공식 블로그'일 거예요.

'공식'이라니. 그 여자는 자기가 뭐라도 되는 줄 아는지. 그렇죠, 좀 정상이 아니죠? 만나는 건 관두는 게 좋지 않을까요?

아, 찾았어요? 맞아요, 그 블로그예요. 루민 씨를 비방한 글, 있나요? 없다고요? 그럼 삭제했나 보네요. 살롱 운영 스태프가 노발대발하면서 항의했다더라고요. 자칫하면 큰 논란거리가 될 뻔했을 텐데 거기 스태프들은 유능하니까 틀림없이 원만하게 수습했을 거예요. 다행이다, 정말.

혹여 논란이라도 생겼다면 보통 큰일이 아니었을 거예요. 루민 씨는 엄청난 카리스마의 소유자인 한편, 의외로 상처를 잘 받는 사람인 것 같더라고요. 그 비방 블로그를 읽고 거의 보름 동안 몸져누웠다고 하니까요. 그동안 살롱도 운영 정지 상태여서 모두가 몹시 걱정했었어요. 악플이라도 받으면 일 년 정도는 회복을 못 하지 않을까 싶네요.

무슨 비방이었냐고요? 그게 말이죠. 종잡을 수 없는 말들이어서 세세한 건 기억도 나지 않지만, 나카이 루민에게 배신당했다, 이 인간은 악마다, 모두 감쪽같이 속고 있는 것이다, 급기야 "나카이 루민이 내 작품을 훔쳤다."라고 말했어요. 작품이라고 해 봤자 살롱 내부의 동아리 활동에서 쓴 에세이나 시를 말하는 거예요. 완전 초짜가 쓴 거죠. 너무 형편없어서 살롱 홈페이지

게시물로 채택되지도 않았을 정도인 걸요. 그런 글을 루민 씨가 훔쳤다니 듣는 제가 다 부끄럽더군요. 적반하장도 유분수지.

하지만 루민 씨는 너른 아량으로 그 사람을 품어 줬어요. 쇼크로 몸져누웠다가 온라인 살롱에 복귀했을 때 루민 씨가 모두에게 보낸 단체 메일을 잊을 수가 없어요. 보여 드릴까요? 잠시만 기다리세요…… 아, 있다, 이거예요.

여러분, 그분을 비난하지 마세요. 그분은 저의 팬이며 지지자입니다. 그 사실은 지금도 변함이 없습니다. 다만 호의가 조금 지나쳤을 뿐입니다.

사람은 누군가를 너무 좋아하게 되면 그 좋아하는 대상과 똑같이 되고 싶은 욕망에 사로잡힐 때가 있습니다. 아마 그분은 제가 되고 싶었던 것 같습니다. 저를 괴롭히려 했던 것이 아닙니다. 잘못되고 왜곡된 애정이지만, 그것 역시 사랑의 한 형태입니다.

저는 이유 없는 비방에 무척 큰 상처를 받았습니다. 아직도 그 상처는 아물지 않았습니다. 사랑이라는 흉기는 새빨갛게 달아오른 쇠막대기와 같습니다. 정말 고통스럽습니다.

그러나 그 상처 때문에 여러분과 함께 힘들게 걷기 시작한 이 길을 포기할 마음은 추호도 없습니다. 당분간 속도는 이전보다 조금 느릴 것입니다. 쉬엄쉬엄 걸을지도 모릅니다. 하지만, 저는 결코 걸음을 멈추지 않을 겁니다. 그것 외에는 이 괴로움에서 벗어날 방법이 없기 때문입니다.

　부디, 여러분, 그런 저의 뒷모습을 지켜봐 주세요. 그리고 함께 앞을 향해 걸어가 주세요.

　이런 말을 할 수 있는 사람, 그리 흔치 않잖아요?

　저는 살롱은 그만두었지만, 앞으로도 계속, 루민 씨의 뒷모습을 따라갈 거예요.

5
오이시 기라리의 첫 번째 이야기

 실례지만, 메일 보내신 분인가요? 오이시 기라리입니다. 처음 뵙겠습니다. 깜짝 놀랐어요. 지금은 다른 이름으로 note•를 하고 있어서 블로그는 방치해 두었거든요. 아직도 읽어 주시는 분이 계시다니 감격했지 뭐예요. 소감 들려주셔서 정말 기뻤습니다.

 그건 그렇고, 무슨 용건이신가요? 굳이 만나서 이야기하고 싶다고 하셔서 좀 겁이 났어요.

 네? 나카이 루민? 몰라요, 그런 사람. 온라인 살롱 탈퇴 회원에게서 들으셨다고요? 아, 그렇게 된 거군요. 저를 마구 헐뜯

• 2014년 출시된 일본의 창작 콘텐츠 플랫폼

었죠? 앗, 하지만 탈퇴 회원이라는 건 그 사람도 살롱을 그만둔 건가요? 그 말은 저처럼 그 악마에게 당한 사람이라는 건가? 그건 아니라고요?

혹시 그럼 당신이 당한 건가요? 그 악마에게 무슨 봉변이라도 당했나요? 아니라고요? 그럼 저에게 뭐가 궁금해서 오신 거죠? 온라인 살롱에 가입할지 고민 중인데 제 의견을 참고하려고 하신다고요? 맙소사. 거기 모인 사람들은 나카이 루민의 팬과 광신도들뿐이에요. 안티 팬의 의견을 묻는 사람이 있을 리가 있나요? 당신이 사실대로 말하지 않으면 저도 아무 말도 하지 않을 거예요.

거봐요, 역시. 나카이 루민의 예전 지인이군요. 예전이라면 언제? 학창 시절이요? 와, 그럼, 그 악마의 실체를 알고 있겠네요. 그런 건 아니라니, 무슨 뜻이죠? 그 여자와 오랜 기간 소원했다고요? 그렇군요. 하지만 그런 사람은 어린 시절에도 뭔가 악행을 저질렀음이 분명해요. 그렇죠?

뭐 상관없어요. 어쨌든 당신은 나카이 루민의 예전 지인이고 뭔가를 조사하고 있다는 말씀이군요. 그리고 저는 당신도 그 악마의 피해자였으면 하는 심정이고요. 당신이 예전의 나치럼 그 여자의 정체를 폭로하려는 거라고 믿고 싶네요.

……계속 아무 말씀도 안 하실 건가요? 뭐 상관없어요. 궁금하신 게 뭐죠? 네? 삭제한 블로그 게시글을 읽게 해 달라고요? 뻔뻔하기도 하네요. 그쪽은 속내를 전혀 드러내지 않으면서.

 미리 말씀드리지만, 저도 당신과 똑같은 일을 하려고 했던 적이 있어요. 저 외에도 분명히 피해자가 존재할 거라고 확신하고 피해자를 찾아내려고 했죠. 그러면 제가 틀리지 않았다는 것을 증명할 수 있을 테니까요. 하지만, 진전이 없더라고요. 그 악마의 신원을 도저히 알아낼 수가 없었어요. 살롱 운영 스태프도, 출판사 담당 편집자도, 절대로 가르쳐 주지 않더군요. 철벽 방어였어요.

 그래서 실은 지금, 엄청나게 흥분돼요. 당신은 제가 알고 싶었던 그 여자의 정보를 가지고 있잖아요. 본명과 출신지 말이에요. 지금 묻는다고 해도 대답해 주지 않겠지만요. 저도 온갖 쓴맛을 봤기 때문에 이해는 해요. 그 여자에게 당한 일을 말하면 할수록 사람들이 저를 적대시하고 멀리하고 악마 취급을 하더라고요. 그래서 결국 입을 다물고 말았어요.

 저도 드릴 수 있는 정보는 제공할 테니 약속해 주시겠어요? 그 악마의 정체를 밝히면 꼭 알려 준다고요.

 삭제한 게시글은 남겨 두긴 했어요. 운영 스태프가 소송을 걸겠다느니 어쩌겠다느니 으름장을 놔서 어쩔 수 없이 삭제하긴 했지만, 저장은 해 놨어요. 클릭 한 번이면 원래대로 되돌릴 수 있어요. 이제 와서 그럴 생각은 없지만요. 그 사람들과 싸우는 건 이제 신물이 나요.

저는 원래 《당신은 더 빛날 수 있다!》의 열렬한 독자였어요. 그래서 루민 씨가 온라인 살롱을 시작한다는 말을 듣고 곧바로 가입했어요. 처음에는 인원이 소수여서 부담 없이 카페나 구민 센터에 모여 화기애애한 분위기 속에서 모임을 했어요. 회원 모두 선망의 대상이었던 루민 씨와 직접 얼굴을 마주하고 동료 관계가 되니 기뻐서 어쩔 줄을 몰랐죠. 루민 씨는 에세이에 쓴 내용 그대로 우리를 이끌어 주었어요. 정말 더할 나위 없이 행복한 시간이었어요.

회원도 점점 느니까 전국을 연결하는 온라인 미팅이 시작되고, 얼마 되지 않았을 때였어요. 루민 씨로부터 조언을 부탁하고 싶은 일이 있다고 연락이 온 거예요. 다음 미팅 주제를 [자기 홍보]로 정했는데 제가 광고대행사에 근무하니까 조언을 해 주면 좋겠다고요.

그런 식으로 지명받은 것도, 일대일로 만나는 것도 처음이었기 때문에 저는 뛸 듯이 기뻤어요. 에비스의 카페에서 만났는데, 무슨 이야기를 했는지 잘 기억나지도 않아요. 흥분하기도 했고 긴 시간 이야기를 나누기도 했고요. 하지만, 아무 트러블이 없었던 것은 확실해요. 의견 충돌이 있었던 것도 아니고 무례한 말이나 행동을 한 기억도 없어요.

그런데 다음 날, 감사 메일을 보냈는데 답신이 오지 않는 거예요. 생각해 보면 감사 메일은 그쪽이 보내야 하는 거긴 하지만요. 평소 예의 바르고 배려심 깊은 사람이라서 이건 좀 이상하다는 생각을 했죠. 삼 일이 지나도 답신이 없어서 혹시 발송 실패인가 싶어서 다시 한번 보내 봤어요. 그런데 이번에도 답신이 오지 않더군요.

그대로 아무 일도 없이 온라인 미팅 당일이 되었어요. 그런데 토론 주제가 바뀌었더라고요. 자기 홍보와는 아무 관계도 없는 [친구가 자기 자랑만 늘어놓는다면]이라는 주제로요.

너무 당황한 나머지 뇌가 멈춰 버린 것 같았어요. 그룹 미팅으로 옮긴 후에도 평소에는 리더를 자처하는데 그날은 아무 발언도 하지 못한 채 멍하니 앉아 있기만 했어요. 잠시 후, 늘 그렇듯이 루민 씨가 그룹 미팅에 들어왔어요. 평소와 같은 미소를 지으며 평소와 같은 부드러운 목소리로 한 명 한 명에게 말을 걸었어요. 그리고 그날 아무 의견도 내지 않은 저에게 이렇게 말하는 거예요.

"소중한 사람에게 상처 준 것을 인정하는 것은 괴로운 일이죠. 괜찮아요, 언어로 표현할 수 없다고 해도 곰곰이 생각해 보는 것이 중요하니까요."

다른 사람들은 감탄하며 고개를 끄덕였지만, 저는 말문이 막혔어요. "당신은 나에게 상처를 주었다."라고 말하는 것과 마찬가지잖아요. '에비스에서 내가 무언가 루민 씨를 화나게 하는 일을 했구나.' 그렇게 생각은 했지만, 저는 루민 씨와 화기애애하게 이야기를 주고받고 웃는 얼굴로 헤어졌던 기억밖에 없었어요.

미팅 후에 곧바로 루민 씨에게 메시지를 보냈죠.

"무언가 제가 실례를 범했는지요? 혹 그렇다면 말씀해 주세요."

그러자 이런 답신이 온 거예요.

"앗, 뭔데요? 무슨 일이에요? 오늘 미팅 말하는 거예요? 기라리 씨 그룹은 모두 적극적으로 참여하는 분들이라 문제없어요. 멋진 미팅이었습니다."

머릿속이 혼란스러웠죠. 하지만 문제없다고 하니, 그런가 보다 하고 잊어버리기로 했어요.

그 직후, 그 여자의 블로그에 새 게시글이 올라왔어요. 온라인 살롱 회원 8천 명이 구독하고, 나중에 책으로 나올 가능성도 있는 게시글이에요. 내용은 저를 나쁜 사람으로 만들어서 쓴 그 여자의 미담이었어요. 틀림없이 제 이야기를 쓴 건데 내용은 사실과 전혀 달랐어요. 경솔하고 심술궂은 저를 사려 깊은 자기가 잘 타일러서 좋은 사람으로 변모시켰다는 이야기였어요. 분노로 몸이 부들부들 떨렸지만, 이름이 명시된 것이 아니므로 따질 수도 없었죠.

더 분한 것은 그 여자가 그 후에 아무 일도 없었다는 듯이 저를 대하는 거였어요. 그래서 저는 미움받지 않으려고 아무 일 없는 척하며 지냈어요.

오늘 해 드릴 수 있는 이야기는 여기까지예요. 그 여자의 정체, 꼭 폭로해 주세요.

6
나카이 루민의 에세이
〈우위 과시〉

며칠 전 온라인 미팅에서 [우위 과시]를 주제로 토론했다.

평소에는 회원분들과 대화를 하면서 주제를 정할 때가 많은데, 이번에는 나의 개인적인 경험을 통해서 이 주제를 골랐다.

일전에 일과 관련해서 특정 분야의 전문 지식이 필요했던 적이 있었는데 우연히 지인 중에 해당 분야에서 일하는 사람이 있어서 도움을 구하기로 했다.

그녀가 내 의뢰를 흔쾌히 수락해 주어 우리는 도쿄 내에 있는 카페에서 만났다.

우선 나는 그녀에게 그 일의 개요에 관해 물었다. 그리 어려운 질문은 아니었을 것이다.

그러나 순간적으로 그녀의 표정이 어두워졌다. 왜지? 이런 생각이 들었으나, 이유를 몰랐기 때문에 다시 한번 같은 질문을 했다.

그러자, 내가 생각지도 못한 답변이 돌아왔다.

"개요라고 말씀을 쉽게 하시는데, 그런 식의 질문은 좀 곤란합니다. 아시다시피 이 일은 다방면에 걸쳐 있기 때문에 안건에 따라서 전혀 다른 내용이 됩니다. 조금 더 질문을 구체적으로 해 주셔야 합니다."

아시다시피?

내가 멈칫한 것은 그 말 때문이었다. 이 말이 문자 그대로 내 가슴에 쿡, 하고 박혔다.

"잘 모르니까 물어보는 거죠!"

이렇게 되받아치고 싶은 충동에 사로잡혔으나 꾹 참았다. 적어도 지금은 내가 그녀에게 도움을 요청하는 입장이기 때문이다.

"그럼 예를 들어, 최근에 어떤 안건이 있었고 어떤 식으로 업무를 추진했는지 알려 주실 수 있을까요?"

그렇게 질문을 바꿔 보았다.

그랬더니 그녀는 흥, 하고 코웃음을 쳤다. 동시에 그녀의 얼굴에 쓴웃음이 떠올랐다.

아, 이런 게 '우위 과시'인가?

그 순간, 나는 그런 생각이 들었다. 말은 들어 봤지만, 내가 직접 겪은 것은 이번이 처음이다.

사실, 그녀는 내가 주최하는 어느 모임의 회원 중 한 명이다.

즉, 그 그룹 활동의 자리에서는 내가 우위의 입장이다. 항상 그녀가 나에게 가르침을 구하는 입장이었다.

지금까지 나는 전혀 알아채지 못했지만, 나와 나이대가 비슷한 그녀는 나와의 관계에서 '열위'의 입장이라는 것에 불만을 품고 있던 것이 아닐까? 그 불만이 오늘, 입장이 뒤바뀌자 분출된 것일지도 모른다.

그런 생각에 이르렀고, 그 후에는 그녀가 원하는 대로 맘껏 이야기하게 두었다. 그룹에서의 입장을 내세우면 그녀와 똑같은 사람이 되고 만다.

그녀는 자신이 얼마나 유능한지, 회사 내의 지위가 얼마나 높은지, 또 얼마나 훌륭한 공적을 세워 왔는지 끊임없이 쏟아 냈다. 그 긴 이야기 속에 내가 듣고자 했던 내용은 눈곱만큼도 없었다.

몇 시간 동안 이야기한 후, 그녀는 만족스러운 듯이 돌아갔다.

두 사람의 차와 케이크값을 계산하고 허비한 시간을 생각하며 나는 씁쓸한 기분에 사로잡혔다.

다음 날, 그녀에게서 메일이 왔다.
무척 기분이 좋았는지, 또다시 확인하듯이 메일에도 자기 자랑을 늘어놓았다.
나는 어떻게 답을 해야 좋을지 알 수 없어서 음, 나답지는 않지만, 아무 답신도 보내지 않기로 했다.
무응답도 하나의 메시지다.
그러나 내 뜻이 그녀에게는 전해지지 않았는지 또다시 비슷한 내용의 메일이 왔다. 그 속에는 답장을 보내지 않은 나를 비난하는 듯한 말도 포함되어 있었다.
나는 이번에도 반응하지 않았다.
며칠 후, 그녀가 소속된 모임에서 회원들과 이야기를 나눌 자리가 있었다. 그래서 나는 마음을 먹고 자기 우위를 과시하며 남을 깔보는 태도에 관해 이야기를 했다.
조금 길지만, 중요한 내용이므로 간략하게 인용하겠다.

***

'우위 과시'라는 용어는, 원숭이가 사회적 상하 관계를 명확히 매기기 위해 취하는 교미와 같은 행동인 '마운팅'에서 비롯되었다.

인간 사회에서 '우위 과시' 행위는 자신이 우월하다는 것을 의도적으로 상대에게 나타내는 행동을 의미한다. 실제로 우월한지 아닌지는 관계없다. 오히려 상대방에게 열등감을 느끼기 때문에 더욱 우위에 있는 것처럼 행동하는 사람이 많고, 그런 모습에 질린 사람들 사이에서 부정적인 뉘앙스의 단어로 탄생하여 유행한 말이 아닐까 싶다.

새로운 어휘는 그 시대를 반영한다. 기존 어휘로는 설명할 수 없는 현상이 발생하여 순식간에 사회를 휩쓸어 버릴 때 나타나는 것이기 때문이다.

'우위 과시'라는 말이 나타나기 전, 일본에는 오랫동안, 전 국민 중산층 사회라고 불리는 시대가 있었다. 주위 사람 모두 비슷한 크기의 집에서 비슷한 종류의 가구와 전자 제품에 둘러싸여 성장하며, 비슷비슷한 교육을 받고 비슷한 수준의 안정적인 기업에 취직한다. 그 과정에서 은연중에 '나를 비롯한 모든 사람이 중간 정도 수준으로 살아간다'라고 느꼈던 것이다.

그런데 그 시대가 붕괴되고 격차 사회로 변모해 가는 과정에서 어쩌면, 우리는 이전에 느끼지 못했던 사회적 지위의 '차이'를 서서히 느끼게 된 것 아닐까? 사람이 여러 명 있으면 자연스럽게 눈에 보이지 않는 서열이 매겨지게 마련이다.

이런 사회 속에서 자신이 하위에 속한다고 생각하는 사람일수록 조금이라도 '상위'라는 것을 어필할 필요성이 생기다 보니 이곳저곳에서 자기 우위를 과시하는 현상이 나타난 것이 아닐까?

그렇다. 실제로 사회 속에 서열 같은 것은 존재하지 않는다. '서열이 매겨진 듯한 느낌'만이 존재할 뿐이다. 그러나 자존감이 낮은 사람일수록 그 느낌에 휘둘린다. 자기를 낮게 평가하면서도 동시에 내가 있을 곳은 이곳이 아니라는 불만이 강하기 때문이다.

이유를 막론하고 진정한 자신을 보지 못한다.

사람들은 누구나 사회 속에서 다양한 입장에 놓이게 된다.

예를 들어, 나의 경우는 에세이스트, 온라인 살롱 주최자, 부모님께는 딸, 좋아하는 뮤지션에게는 팬이라는 다양한 입장이 있다.

각각의 상황에서 다양한 상하 관계가 존재한다. 시간과 장소에 따라 위아래가 뒤바뀌는 일도 있다. 그만큼 사람의 관계성이란 섬세하고 복잡하다. 그렇기에 그 사실을 받아들이지 않으면 인간관계를 원만히 유지할 수 없다.

　자기 우위를 과시하는 사람은 이 섬세하고 복잡한 관계성을 무시하고, 무조건 '우위'를 목표로 삼는 우를 범한다. 그래서 자칫 상처 주지 않아도 될 상대에게 상처를 주고 소중한 사람의 신뢰를 잃으며 자신을 파멸로 몰아가는 결과를 낳기도 한다.

　자신을 과대평가하지도 과소평가하지도 않고 있는 그대로 바라볼 수는 없을까?

　우리는 원숭이가 아니다. 우위를 과시하는 등의 행동을 하는 대신에, 서로를 이해하고자 노력하고 상호 존중할 수 있는 인간이다.

***

대략 이런 내용이었던 것으로 기억한다.

　그날 밤, 그녀에게 다시 메일을 받았다. 자신이 얼마나 어리석은 행동을 했는지 깨닫고 진심으로 사죄한다는 내용이었다.

　그녀가 보내온 글 속에서 느낀 것이 있다. 그녀가 그룹 내에서 인정받지 못했다는 생각에 의기소침해 있었다는 것이다.

　비슷한 일을 나도 수없이 경험했다. 아무리 노력하고 발버둥 쳐도 인정받지 못해서 속상한 감정을 잘 알고 있다.

그런 거였구나. 그녀는 나에게 위력을 과시함으로써 그 속상한 마음을 해소하려고 한 것이었구나, 하는 생각이 들었다.

나는 그런 속상한 심정을 어떻게 다루면 좋을지 나의 개인적인 경험에서 얻은 지혜를 담은 장문의 메일을 그녀에게 보냈다.

몇 분 후, 그녀에게서 감동으로 오열했다는 답신이 왔다.

바로 조금 전까지 답답했던 마음속에 한 줄기 청명한 바람이 스쳐 지나갔고 그 자리에는 산뜻한 내음과 따뜻한 온기가 남았다.

7
유미의 첫 번째 이야기

 오랜만이다. 웬일이야, 전화를 다 하고. 언제였더라, 메일 보냈었는데 발송 오류가 났었어. 메일 주소 바뀌었어? 앗, 오 년도 더 전에? 그랬어? 그렇게 오랫동안 연락을 안 하고 지냈구나.
 그건 그렇고, 잘 지냈어? 나는 코로나 이후, 이 지역 밖으로 나간 적이 없어. 도쿄에 나간 지도 한참 됐지. 응, 건강하게 잘 지내. 우리 아들은 고등학생이 됐는데 날이면 날마다 농구만 한다.
 응, 모리 아오이? 그 아오이를 말하는 거야? 초등학교, 중학교 같이 다녔던 모리 아오이? 물론 기억하지. 응, 알고 있어. 뭔가, 유명인이 됐잖아. 에세이 작가였나? 잘 몰랐는데 최근에 알았어. 깜짝 놀랐지.

실은 작년에 잡지에서 한 번 본 적이 있어. 거기 실린 여자 사진이 아오이를 많이 닮았더라고. 하지만 사진이 작기도 했고 이름도 달라서 정말 비슷하게 생긴 사람이네, 정도로 생각했지.

 나카이 루민이라니. 그런 걸 필명이라고 하나? 왠지 아이돌 같아. 정말이지, 아오이답네.

 그때는 미처 아오이라는 생각은 하지 못했어. 그런데 왠지 모르게 마음에 남아서 나중에 '나카이 루민'으로 인터넷에 검색을 해 봤어. 그랬더니 나카이 루민이 운영하는 블로그가 나오더라. 게시글들을 읽어 봤는데 정말 너무 좋더라고. 뭐랄까, 이렇게 격려받는다고 해야 하나, 나를 긍정해 주는 듯한, 그런 느낌이었어. 완전히 팬이 되어 버려서 새 게시글이 업데이트될 때마다 빼놓지 않고 읽었어.

 그러던 어느 날, '내일 텔레비전에 출연합니다'라는 게시물이 올라온 거야. 그래서 봤지, 오후 정보 프로그램이었어.

 나 말이야, 화면에 '나카이 루민'이라는 자막이 뜨기도 전에 "아오이!"라고 외쳤잖아. 왜냐하면, 초등학생 때랑 얼굴이 똑같았거든. 분위기는 달라졌지만, 얼굴이 똑같은걸. 아니, 얼굴이라기보다 눈초리가. 몸을 살짝 앞으로 기울이고는 눈을 부라리며 이쪽을 빤히 쳐다보는 눈빛 말이야. 그래, 맞아, 카멜레온처럼.

예전에, 그 애가 그 눈빛으로 뚫어지게 쳐다보면 난 몸이 굳어 버려서 움직일 수가 없었어. 왠지, 마음속을 훤히 들여다보고 있는 것 같아서.

그리고, 그 목소리. 기억해? 나도 새까맣게 잊고 있었는데 텔레비전에서 목소리를 듣는 순간, 나도 모르게 악 소리를 질렀잖아. 가성처럼 높은 톤에 콧소리 섞인 그 끈적한 목소리였거든.

"유미, 난 유미를 위해서 하는 말이야. 나쁜 뜻으로 말하는 게 아니고."

그 목소리로 이 말을 몇십 번을 들었는지 몰라. 후지산처럼 양쪽 눈썹을 딱 모아서 치켜뜨고, 금방이라도 울 듯한 표정으로 말하는 거야. 그리고 말을 마치고 나면 입을 꼭 다물고 있어. 기어코 내가 "미안해."라고 말할 때까지 기다린다니까.

진짜 너무 싫었어, 그거. 지금 같으면 무시하겠지만, 당시에는 그런 재간도 없었으니 싹싹 비는 수밖에 없었지. 아무 잘못도 하지 않았는데 말이야. 하지만 모두 그랬잖아? 무슨 일이 있을 때마다 모두 그 애에게 사과했잖아.

그날 밤, 아직 읽지 않은 예전 블로그 게시글을 거의 밤을 새워 가며 샅샅이 읽었어. 그러다가 엄청난 걸 발견한 거 있지.

중학교 때, 사요 사건이 있었잖아? 맞아, 자살 미수 사건. 그 이야기가 있는 거야. 이름은 밝히지 않았지만, 읽기 시작하자마자 사요 이야기라는 걸 알았지.

그런데 어딘가 이상한 거야. 읽으면서 점점 등골이 오싹해졌어. 왜냐하면, 내가 알고 있는 사실과 전혀 다른 이야기가 되어 있더라고. 점점 내 기억이 의심스러워지고 머리가 이상해지는 것 같더라.

그 후에도 그 일이 계속 머리에서 떠나지 않아서 가오리에게 전화를 걸어 봤어. 그런데 가오리는 1학년 때 반이 달라서 그 일에 관한 건 잘 모른다고 하더라. 그래서 줄곧 혼자서 고민했지. 남편에게도 말하지 않았어. 이런 얘기 가족에게 들려주고 싶지 않은걸.

있잖아, 읽어 줄 테니까 좀 들어 볼래? 너무 충격적이라서 컴퓨터에 저장해 놨어.

첫 부분은 이렇게 시작해.

중학생 때, 낙농가의 딸이었던 A가 남학생 몇 명에게 소똥 냄새가 난다는 놀림을 받은 후 등교를 거부했던 일이 있었다. A를 놀렸던 아이들은 A에게 사죄하고 일주일간 학교 주변을 청소하는 벌도 받았지만, A는 학교에 돌아오지 않았다. 담임선생님과 친한 학급 친구들이 A의 집을 찾아가 설득했지만, 소용없었다.

모두 의아해했다. 잘못한 아이들은 벌을 받았고, 학급 아이들 모두가

A가 빨리 돌아오길 기다리고 있는데 왜 A는 등교를 거부하는 것일까?

어떻게 생각해? 이상한 점이 없다고? 아직 이해를 못 했구나. 간추려서 계속 읽어 볼게.

나는 등하교 길에 A의 집 앞을 지날 때마다 그 이유를 곰곰이 생각했다. 생각에 생각을 거듭하던 어느 날, 문득 깨달았다.

아무리 사과를 받는다고 해도 한번 모든 사람 앞에서 망신당한 사실은 절대 사라지지 않는다. 괴롭힌 아이들이 '나쁜 아이'라는 결론이 났다고 해도, A에게는 '착한 아이'가 아니라 '놀림당한 아이'라는 꼬리표가 그대로 남아 있는 것이다. A는 그 사실에 절망한 것이 아닐까?

어때? 이제 무슨 말인지 알겠어? 아직도 모르겠다고? 아, 그래. 그럼, 이건 어때? 마지막 부분이야.

그날 학급회의에서 나는 우리 반 전체가 A에게 편지를 쓰자는 제안을 했다. 편지에 A의 장점을 써서 보내자고 했다.

A를 놀린 아이를 포함해서 학급 전원이 A의 훌륭한 점을 말하면 내가 그것을 칠판에 적었다.

상냥하다, 쾌활하다, 친절하다, 지우개를 빌려주었다, 글씨가 예쁘다…….

다양한 '장점'이 나왔다. 중복되는 것도 있었지만, 그런 것은 상관없었다. 학급 전원이 A의 장점을 막힘없이 이야기할 수 있었다는 것이 중요했다.

나는 그것들을 정리하여 편지지에 적었다. 그리고 '우리 모두는 이렇게 멋진 A를 빨리 만나고 싶어.'라고 편지를 끝맺었다.

편지를 전달한 다음 날, A는 드디어 학교에 왔다. 조금 쑥스러워하긴 했지만, 내심 기쁜 듯했다.

선의가 통했을 때 사람은 마음을 연다. 나는 그렇게 믿는다.

이제 알겠지? 맞아. 편지를 전달한 다음 날, 사요가 학교에 왔다니 무슨 말도 안 되는 소리를. 사요는 자살 미수 사건을 일으켰는걸. 그렇지, 이상하지?

또 한 가지, 기억할지 모르겠는데. 사회 과목 견학으로 사요의 집에 갔을 때, 처음에 "냄새나."라고 말한 사람은 아오이였잖아. 그 말을 듣고 옳거니 하고 남자애들 몇 명이 '소똥'이니 '쿠사요'●니 하고 떠들어 대는 바람에 아오이는 사요의 아버지와 오빠가 보는 앞에서 선생님께 크게 야단을 맞고 얼굴이 삶은 문어처럼 새빨개졌었잖아.

어지간히 분했는지 아오이는 벌로 학교 청소를 하면서 "그래도 진짜 냄새가 나긴 했잖아?"라고 말했던 거 똑똑히 기억해.

● 냄새난다+사요를 조합한 말

같이 벌받던 남자애들이 "맞아, 맞아."라며 가세해서 "냄새나는 너희 집이 나쁜 거야."라고 사요를 몰아세우니까 정말 불쌍했어. 그때 도와주지 못했던 게 지금도 후회스러워.

그 일이 있고 나서 사요가 학교에 오지 않게 되었고 아오이가 사요에게 편지를 쓰자는 말을 꺼냈잖아. 담임이 좋은 아이디어라고 너무 기뻐하는 바람에 그 사건과는 아무 관계도 없는 우리까지 '사요의 장점'을 말해야 했지.

나, 지금도 기억나. 아오이가 말한 사요의 장점.

"그런 집에 살면서도 항상 밝고 상냥한 사요가 정말 대단하다고 생각합니다."

이러는 거야. 진짜야.

어이없지? 진짜 기가 막힌다니까.

8
가오리의 이야기

 유미한테 모리 아오이 일로 전화받지 않았냐고? 아, 맞아, 전화 왔었다. 그런 까마득한 옛날 일, 용케도 세세하게 기억하고 있더라. 굳이 나카이 루민이라는 사람 동영상 링크까지 보내 주고. 일단 보긴 했는데, 뭐더라, 강연회 홍보 영상 같은 거였어. 틀림없이 모리 아오이였어. 그렇긴 한데, 그래서 어쩌라고, 이런 느낌. 난 아무 관심 없어.
 나카이 루민의 블로그? 안 읽었어, 그런 거. 설마 읽어 봤어? 한가하기도 하다. 유미 말에 홀라당 넘어간 거 아니야?
 음, 아마 유미는 사요의 자살 미수에 대해서, 마음속으로 줄곧 죄책감을 느꼈던 것 같아. 중1 때 같은 반이었으니까. 그런 거,

말로 안 해도 전해지잖아? 그러다가 텔레비전에 나와서 화려하게 활동하는 모리 아오이를 보고 갑자기 눌렸던 감정이 분출된 거야. 다시 말하면, 모리 아오이를 비난하는 감정이 솟구친 거지. 죄책감은 남에게 떠넘기고 싶은 법이잖아. 그렇지 않아?

너무 말이 심한 거 아니냐고? 그런가? 유미가 하는 말을 곧이곧대로 믿는다면 분명히 모리 아오이가 섬뜩하긴 한데, 내가 보기엔 유미의 집착도 무섭긴 매한가지야. 이제 아이한테 손이 덜 가서 그런가, 어지간히 한가한 모양이지?

모리 아오이에 관해서는 너나 유미와 달리, 나는 같은 초등학교에 다니지 않아서 잘 몰라. 중학교 3학년 때 같은 반이었는데, 딱히 나쁜 인상을 받지는 않았어. 아니 정확히 말하면 잘 기억도 안 나. 머리가 좋고 성실한 애, 정도려나. 너무 고지식해서 불량스러운 애들은 질색했던 것 같기도 하고. 꽉 막힌 말만 하는 타입이었거든.

사요 사건은 물론 기억해. 선생님들은 쉬쉬했지만, 전교생 중에 모르는 애가 없었잖아. 반이 달라도 날마다 그 이야기뿐이었거든. 내가 들은 이야기는 다행히 운이 좋아서 살아났다는 거랑 같은 반 남자애들이 사요를 괴롭혔다는 것뿐이었어. 모리 아오이 이야기는 듣지도 못했고 편지 이야기도 전혀 몰랐어. 솔직히 말하면 양쪽 다 사실인가 싶어.

애냐하면, 내기 아는 모리 아오이는, 정말 융통성 없이 고지식하고, 괴롭히는 애들을 발견하면 오히려 앞장서서 막을 타입이었거든. 적어도 3학년 때는 그랬어. 그래서 유미가 말했던 편지 내용도 못 믿겠어. 선생님도 확인했을 거 아냐? 유미가 제멋대로 해석한 것 아닐까? 왜 우리도 있잖아, 그럴 때.

분명 초등학교 때, 유미가 모리 아오이에게 기분 나쁜 일을 당했다고는 하는데, 괴롭힘이라고 할 정도는 아니었던 것 같고, 들은 바로는 어린애들 기싸움 정도 같던데. 그 정도를 가지고 모리 아오이를 악녀로 몰아세우고 그런 어처구니없는 망상을 퍼뜨리고 다니다니, 그래도 되나 싶어.

블로그 거짓말? 아, 그거. 나는 읽어 보지도 않았고, 읽었다고 해도 실제로 무슨 일이 있었는지 모르니까 뭐라고 말할 처지는 아니야. 하지만 생각해 봐, 블로그는 전 세계 사람들이 읽을 수 있잖아? 중학교 동창이 읽을 가능성이 있다는 건 모리 아오이도 알 거 아니야? 그런데 거기에 거짓말을 쓸까? 나라면 안 쓸 것 같은데.

그건 그렇고, 그 이야기를 하려고 굳이 찾아온 거야? 너도 유미와 같은 의견인 거야? 만약 그렇다면 나 말고 중1 때 그 애들

하고 같은 반이었던 애한테 물어봐. 아니 그럴 필요 없이, 당사자인 사요에게 물어보면 되잖아. 그래, 그게 제일 빠르지.

  연락처를 모른다고? 나도 모르지, 말을 해 본 적도 없는걸. 진짜? 결혼해서 외국에 가 버렸구나. 어느 나라일까? 좋겠다. 나도 어딘가 아무도 모르는 곳에서 살아 보고 싶다. 시골에서 도쿄로 막 올라왔을 때는 갑자기 세상이 넓어진 느낌이 들었는데. 새롭게 접하는 모든 것이 반짝반짝 빛나 보였어. 게다가 그것들이 텔레비전이나 컴퓨터 화면을 통해서가 아니라 손을 뻗으면 닿는 곳에 있다는 것이 무척이나 특별하게 느껴지더라. 뭐든 할 수 있을 것 같았어.

  하지만, 반짝반짝 빛나 보였던 건 단지 낯설기 때문이었어. 점점 익숙해지니까 도쿄도 빛이 바래더니 어느 순간, 시골과 똑같아졌어. 아니, 똑같은 건 아닌가? 똑같다면 시골로 돌아가도 상관없어야 하는데 그것만큼은 죽어도 싫거든.

  시골로 돌아가고 싶다고 생각해 본 적 있어? 없지? 희한하게도, 남자애들 중에는 고향으로 돌아간 애들이 꽤 있더라. 도쿄에서 취직했는데 일을 그만두고 고향으로 돌아간 애도 몇 명 알거든. 이유를 물어봤더니 "친구들이 있어서."라더라. 도쿄에는 친구가 없나? 아니 그보다 이유가 그뿐이라니. 황당해서 원.

그러고 보니, 우리 남편도 전에 한 번, 고향으로 돌아가고 싶다는 말을 꺼낸 적이 있어. 좋은 곳이긴 하지만, 거기서 사는 건 제발 참아 달라고 나랑 우리 애랑 맹렬히 반대했어. 그래서 지금도 이렇게 도쿄에 살고 있긴 한데, 그런 게 남자들 특성인가?

왜 돌아가고 싶지 않았냐니? 그야 당연하잖아. 남편 친척들이 잔뜩 있는 곳에서 여자가 어떤 취급을 받을지 안 봐도 뻔하지. 도저히 견딜 수 없어.

앗, 갑자기 생각났다. 나, 도쿄에서 모리 아오이를 만난 적 있어, 딱 한 번. 아니, 우연히. 시모키타자와에 있는 라이브 하우스였어. 이런 데서 중학교 시절 동창을 만나다니, 이러면서 엄청 깜짝 놀랐어. 고작 몇 분이기도 했고 그때 딱 한 번 본 거라서 새까맣게 잊고 있었네.

결혼 전이었으니까 십 년쯤 전이었을 거야. 친구가 하는 밴드가 나왔던 무슨 이벤트였는데. 휴게 시간 때 인파를 헤치며 음료수를 사러 가는데 눈앞에 그 애가 서 있는 거야. 서로 입을 쩍 벌리고 손가락으로 서로를 가리켰어. 하지만 중학교 졸업 후 처음 본 데다가 공통의 화제도 거의 없다 보니 어색하게 인사만 간단히 하고 곧 자리를 뜨려고 했어. 그런데 그 애가 붙잡는 바람에 어쩔 수 없이 잠시 서서 이야기를 했지.

그런데 있잖아, 우리의 공통 화제는 중3 때 일들뿐인데 그 이야기는 전혀 하지 않았어. 그 애는 이름이 뭐라더라, 어떤 화가에 관해 열변을 토하기 시작했어. 당시 그 화가의 대규모 전시회가 도쿄 내에서 개최되었는데, 나도 텔레비전에서 본 적이 있어서 적당히 대화에 장단을 맞추고 있었어. 하지만, 예술이란 무엇인가, 이런 따분한 이야기가 좀처럼 끝나지 않아서 "그쪽 계열 일을 하는 거야?" 하고 화제를 돌리고, "나는 지금 이런 일을 해."라고 하면서 명함을 건넸어. 그리고 일 이야기를 시작했더니 그 애는 갑자기 시무룩해져서 말을 안 하더라고. 아차, 기분이 상했나, 싶었는데 그때 마침 다음 밴드 공연이 시작되어서 안도하면서 헤어졌어.

그 애는 명함이나 연락처를 주지 않아서 그걸로 끝이었어. 응, 직장도, 어디 사는지도, 결혼했는지 어떤지, 아무것도 들은 게 없으니 아는 바가 없지.

뭐, 아닌 게 아니라 좀 별난 애긴 했어. 하지만, 나쁜 애는 아니야. 소위 '4차원'이었던 거 같아. 왜 있잖아, 그런 타입. 싫어하는 사람이 많긴 하지. 나도 딱히 좋아하는 건 아닌데, 사실 상관없어. 아무렴 어때, 이런 느낌? 하지만 너는 그렇지 않은 거지? 유미와 마찬가지로 뭔가 맘에 걸리는 일이 있는 거지.

앗, 정말? 모리 아오이에 관해 조사할 생각이야? 진짜로? 참할 일도 없다. 뭐, 하고 싶으면 하면 되지만, 그래도 궁금하긴 하네. 그 애의 뭐가 마음에 걸리는 건데? 사요 외에도 피해자가 있다고? 사요처럼 자살 미수를 했다는 거야? 아니라고? 그럼 뭔데, 살인 미수? 설마 그럴 리는 없겠지.

이유는 몰라도 유미도 너도 모리 아오이를 범죄자처럼 이야기하는데 진짜 그렇게 생각하는 거야? 잘 모르니까 조사하는 거라고? 흠, 뭐, 열심히 해 봐.

9
사요 오빠의 이야기

 많이 기다리셨죠? 조금 전까지 사요랑 통화했는데요. 역시, 그쪽 분과는 이야기하고 싶지 않다고 하네요. 죄송합니다. 그렇긴 한데 사요에게는 중학교 시절이 생각하고 싶지 않은 기억이거든요. 그 사건에 관해서는 알고 계시죠?

 지금이요? 네, 사요는 가족과 함께 행복하게 지내고 있습니다. 그야 아무 문제도 없다고 할 수는 없겠지만, 그건 어느 가족이나 마찬가지겠죠.

 지금 사는 곳이요? 미국에 삽니다. 포틀랜드라는 곳이에요. 사요는 직장에 들어가자마자 돈을 모으기 시작하더니 일 년 만에 회사를 그만두고 어학연수를 떠났는데 그때 알게 된 미국인과 결혼했어요.

  사요는 늘 저 멀리 떠나고 싶다고 입버릇처럼 말했던 터라 놀라지는 않았어요. 언제였나, "저 멀리란 어디냐?"라고 물어본 적 있는데 "아무도 나를 모르는 곳."이라고 말하더라고요. 이 동네와 이 집, 불쾌한 기억을 모두 훌훌 털어 버리고 떠나고 싶었던 거겠죠.

  부푼 기대를 안고 집을 떠나는 사요를 보고 조금 부러웠어요. 저는 태어났을 때부터 가업을 이어야 한다는 말을 들으며 자랐거든요. 부모님도 국제결혼을 반대하지는 않으셨어요. 어쩌면 그 사건 이후 사요보다 부모님이 더 속을 끓이셨는지도 모르죠, 줄곧.

  그래서, 궁금하신 게 뭐죠? 역시, 그 사건이군요. 상관없어요. 제가 아는 건 대답해 드리죠.

  사회 과목 견학 때 있었던 일은 똑똑히 기억합니다. 아이들 몇 명이 "냄새난다."라고 말을 꺼냈어요. 진짜로 냄새가 나니까 어쩔 수 없다고 저는 웃고 넘겼는데, 선생님이 노발대발하셨어요.

  처음에 그 말을 한 학생이요? 그것까지는 잘 모르겠는데요. 여자앤지 남자앤지도 기억나지 않아요. 다만, 그렇게 떠든 아이들은 극히 일부였고, 다른 아이들은 모두 열심히 아버지 이야기를 듣고 있었기 때문에 선생님이 그렇게까지 화를 내지 않았다면 아무 일 없이 지나가지 않았을까 하는 생각이 들기도 합니다.

모리 아오이요? 우리 집으로 편지를 들고 와 준 아이죠, 기억합니다. 마음이 얼마나 고마웠는지 모릅니다.

네, 그건 사건 전날이었나요? 음, 그랬었나, 잘 기억이 안 나네요. 실은 사건 전후 기억이 모호해서요. 사 년 전에 아버지가 사고로 돌아가셨는데 그때 기억도 흐릿하거든요. 사람은 큰 충격을 받으면 오히려 망각에 빠진다더니 진짜 그렇더군요.

아, 게다가 모리가 그때 한 번만 우리 집에 찾아온 게 아니었거든요. 사건 후에도 실로 엮은 종이학 천 마리랑 편지를 들고 찾아오곤 했기 때문에 언제 왔는지 일일이 기억하지는 못합니다. 정말로 대단한 열성이었어요. 그런데 사요가 자기 방에서 한 발자국도 안 나오는 바람에 항상 어머니가 현관 앞에서 맞이해야 했어요. 저도 몇 번 인사를 나눈 적이 있어요. 무척이나 우등생 같은 인상의 똘똘하고 영리해 보이는 아이였어요. 사요가 학교에 돌아갈 수 있었던 건 그 아이 덕분이라고 생각했는데, 그게 아닌가요?

실은 그 일 관련해서 사요와 직접 이야기를 나눈 적은 없어요. 우리 집에서는 그 사건에 관한 건 일절 언급하지 않는 것이 암묵적으로 정해진 규칙이었거든요. 지금도 마찬가지예요. 그래서 며칠 전, 당신이 전화해서 사요와 연락하고 싶다고 했을 때도 중학교 동창이라고 하길래 거절하려고 했어요. 하지만, 실제로 저도 오랫동안 죽 마음이 찜찜했고, 이번 일을 계기로 뭔가 알 수 있지 않을까 하는 마음에 수락하고 사요에게 전달한 겁니다. 역시나 예상대로 거절당하긴 했지만, 사요의 감정이 격해지지는 않아서 다행이었어요. 제 걱정이 지나쳤던 건지. 어쩌면 그때도 우리가 사요의 눈치를 살피고 너무 조심했던 게 오히려 독이 되었는지도 모르죠.

네, 모리가 보낸 편지요? 글쎄요, 어떻게 했으려나. 이메일로 사요에게 물어볼까요? 괜찮아요, 오늘 당신이 온다는 건 아까 말해 뒀거든요. 저한테라도 이야기를 듣고 싶어 한다고 말했더니, 나중에 무슨 이야기를 했는지 알려 달라고 하더라고요. 자기도 궁금하겠죠. 오히려 메일을 기다리고 있을지도 모릅니다. 한번 보내 볼게요. 이 시간이라면 아슬아슬하게 잠들기 전일 거예요. ……됐다, 보냈습니다.

답장을 기다리는 동안 저도 몇 가지 여쭤도 되겠습니까? 당신은 아마도 모리에 관해 뭔가를 조사하고 계시는 거죠? 게다가 아까 말씀하시는 어투를 봐서는 모리가 제 동생과 친하게 지내지는 않았던 것 같은데, 둘은 어떤 사이였나요? 사건 전날에 그 아이가 가져온 편지가 사요의 자살 미수에 영향을 미친 건가요?

모르신다고요? 그럼 대체 무슨 조사를 하고 계신 건가요? 이제부터 하실 예정이라고요? 흐음.

잘은 몰라도 모리는 좋은 아이였던 것 같은데요. 적어도 진심으로 사요를 걱정해 주었어요. 그렇지 않고서야 그렇게 자주 우리 집에 와 주었을 리가 없죠. 모리 외에는 찾아온 사람이 아무도 없었어요. 아버지, 어머니도 좋은 아이라고 말했고요. 어이없는 이야기지만, 너무 자주 찾아오니까 정이 들었는지 저런 아이가 저에게 시집오면 좋겠다느니 그런 이야기까지 할 정도였어요. 그런 말을 듣다 보니 저도 아닌 게 아니라 의식하게 되더군요. 지금이야 웃자고 하는 말이지만, 당시 제 나이 열여덟, 아홉이니 한참 이성에 관심이 많을 때잖습니까? 동생 친구와 연인이 되다니, 만화 속 이야기 같기도 하고. 한순간, 멍해지더라고요.

그때 마침 밸런타인데이 즈음이라 초콜릿도 받았습니다. 뭐, 아버지도 받긴 했는데, 그래도 저에게 준 초콜릿이 더 컸어요. 진짜예요. 카드도 들어 있었는데, 나도 오빠 같은 친오빠가 있었으면 좋겠다, 그런 내용이었어요. 그야말로 하늘을 나는 기분이었죠.

그러고 나서 얼마 뒤, 사요가 학교로 돌아가면서 모리가 우리 집에 오는 일도 없어졌어요. 네, 내심 아쉬웠어요. 사요가 친구와 놀러 간다고 하고 나가면 모리와 함께 있는 건 아닐까 생각하는 것만으로도 가슴이 두근두근했죠. 제 이야기가 나오지는 않을까 상상하고요. 바보 같지요. 그땐 저도 젊었으니까요.

사요가 학교에 돌아간 계기 말인가요? 글쎄요. 저는 틀림없이 모리의 애정 어린 노력의 결과였다고 생각하는데 당신은 그렇게 생각하지 않는 거죠? 그것도 지금, 메일로 물어볼까요? 상관없어요, 저도 궁금하거든요. 대답하기 싫으면 분명하게 싫다는 답장이 올 거예요.

······자, 보냈어요. 꽤 많은 이야기를 했군요. 그건 그렇고 당신은 모리 때문에 사요가 자살을 시도한 거라고 확신하는 것 같은데, 왜죠?

아, 답장이 왔습니다. 빠르네요.

음, 받은 편지는 전부 버렸다고 하네요. 내용은 읽지 않았고요. 세상에서 제일 싫은 사람이 모리라고 하는군요······. 충격이네요.

그럼, 그 아이는 왜 그렇게 열심히 우리 집에 드나들었던 걸까요? 제가 목적이었다고요? 아뇨, 그건 아닐 겁니다. 그 애는 도미노를 좋아했거든요.

몰랐습니까? 제 동창 중에 도미노라는 애가 있어요. 맞아요, 도미노 건설 사장 아들이요. 모리는 도미노를 줄곧 짝사랑했다는데 대학생 때부터 적극적인 애정 공세를 펼쳤어요. 그 노력이 열매를 맺어 졸업하고 나서 곧바로 결혼했어요. 그런데 당시 도미노에게는 약혼녀가 있었어요. 말하자면 남의 남자를 가로채서 결혼에 성공한 거죠. 하지만, 이혼도 빨랐어요. 삼 년 만이었나.

도미노가 아무 말도 하지 않으니 정확한 이유는 모르지만, 아마 아이가 생기지 않아서였을 거예요. 우리 집도 그렇지만, 대대로 이어지는 가업이 있는 집안은 후계자를 낳아야 하니까요.

하지만, 현재 모리의 활약하는 모습을 생각하면 이혼하길 잘한 게 아닐까요? 이런 촌구석에 묻혀 있기에는 아까운 사람이잖아요.

10
도미노 미치타카의 이야기

　모리 아오이요? 네, 제 전 부인인데요. 실례지만, 누구십니까? 아오이의 동창이라고요?

　아오이와는 꽤 오래전에 이혼했습니다. 그러니까 아무것도 모릅니다. 본인에게 직접 물어보세요. 지금은 도쿄에서 책을 쓰고 있는 것 같으니, 검색해 보면 금방 알 수 있을 텐데요. 이름은 바꾼 것 같았는데, 뭐라고 하더라…… 나카이 루민? 아, 맞아요, 그런 이름이었어요. 저보다 더 잘 아시잖아요? 아오이와는 헤어지고 나서 한 번도 연락한 적 없어요. 현재 저는 재혼해서 가족도 있습니다.

　아오이가 어떤 사람인지 알려 달라고요? 동창이면 잘 아실 거 아니에요? 주위 사람들의 의견을 듣고 싶다고요? 무슨 일 때문에 그러시죠? 설마 아오이가 좀 유명인이 되었다고 해서 좋지 않은 생각을 하시는 건 아니겠죠? 스캔들 따위 없습니다. 아오이는 그런 것과는 거리가 먼 사람입니다.

그럼 어떤 사람이냐고요? 글쎄요, 한마디로 말하면 성실한 사람이죠. 고지식하다고 할 만큼, 성실한 사람이에요. 책임감도 강하고 매사에 열심인데 타인에게는 너그럽고 자신에게 엄격합니다. 머리도 좋고, 흠잡을 데가 없는 사람이었어요. 구태여 말하면 재미가 없다는 것 정도일까요. 하지만, 저는 아내에게 그런 것은 요구하지 않았습니다.

이혼 이유 말인가요? 그런 걸 생판 남에게 말할 수는 없습니다. 아이가 생기지 않아서라고요? 어디에서 그런 소문을 듣고 오신 거죠? 아닙니다. 그야, 부모님이 후계를 원하셨던 건 사실이지만, 아오이에게 부담을 주지는 않았고, 그런 일로 다툰 적도 없습니다. 원인은 전부, 저에게 있습니다.

좋습니다, 말씀드리죠.

결혼 후, 아오이는 아오이 나름대로 우리 회사 발전에 도움이 되고자 고심해서 여러 아이디어를 내주었어요. 시대 흐름에 발맞춘 개선안이라든가, 미래지향적이고 도전적인 아이디어 등을 제안해 주었어요. 하지만, 직원도 아닌 아오이가 저를 제쳐 두고 회사 경영에 이래라저래라 할 수는 없었지요. 그 당시에는 저조차도 섣불리 아버지께 제 의견을 말할 수 없었습니다. 아직 경영 수업을 받는 단계였거든요.

그래서 아오이가 제안한 여러 의견은 저희 부부 사이의 이야기로만 머물렀고 그대로 사장되었죠. 제가 아무 협조도 할 수 없었으니까요.

변명을 늘어놓는 것 같지만, 2대째 이어 온 건설 회사는 제약이 한두 가지가 아니어서 꼼짝하기도 힘듭니다. 합리성을 꾀하기보다 관례 같은 것을 더 중시하는 경향이 있거든요. 게다가 아오이의 참신한 아이디어들은 솔직히, 우리 회사 사풍에는 맞지 않았습니다. 무엇보다 저는 아오이가 회사에 관여하는 것을 원치 않았어요.

아오이는 곧 경영 참여는 체념하고 취미에 몰두하게 되었습니다. 그 취미가 바로 글을 쓰는 것이었어요. 처음에는 친구들과 동인지 같은 것을 만들었던 것 같은데, 성장하고자 하는 욕구가 강한 사람이다 보니, 그걸로는 성에 차지 않았던 것 같습니다. 도쿄의 글쓰기 교실에 다니기 시작했어요. 매월 두 번씩 신칸센으로요. 그리고 인터넷에 자신이 쓴 글을 올리기 시작했어요.

상당히 재미있었는지, 생기가 넘치더군요.

그러더니 도쿄의 친구들과 연극이나 영화를 볼 기회가 점점 늘어나서 그때마다 호텔에서 1박, 2박 하게 되었어요. 어느 날, "매월 드는 숙박비와 교통비를 합치면 도쿄 내에 저렴한 집을 빌릴 수 있어."라고 말을 꺼내더군요. 계산해 보니 물론 집세가 더 비싸긴 했지만, 아오이가 이동하는 데 드는 시간이나 체력 부담까지 고려하면 그것도 나쁘지 않은 생각 같아서 허락했습니다. 회사 경영에 관여하지 못하게 막은 것에 대한 미안한 마음도 있었던 것 같습니다. 도량이 넓은 남편이라는 것을 보여 주고 싶은 심정도 있었고요.

그즈음, 아오이는 저에게 왠지 모를 아쉬움을 느꼈던 것 같아요. 태도를 보면 알 수 있었어요. 더 높은 목표를 추구하지 않는 제가 답답했던 겁니다.

이것이 이혼 이유입니다. 이혼 이야기를 꺼낸 건 저였어요. 아오이는 마음이 상냥한 사람이라 그대로 참고 지내려고 했던 것 같아요. 하지만, 제가 견딜 수 없었습니다. 아내에게 거듭 실망을 주는 저 자신을 용서할 수가 없더군요.

이혼하자마자 아오이는 도쿄로 올라간 모양입니다. 위자료는 넉넉히 지급했으니 경제적인 어려움은 없었을 겁니다.

아오이가 프로 작가가 되었다는 소식은 제 어머니가 누군가에게 듣고 와서 말해 주셔서 알았습니다. 책은 읽어 보지 않았어요. 블로그요? 그것도 읽어 본 적은 없습니다. 읽어 보고 싶은 생각도 없습니다. 이미 남남이니까요.

제가 아오이처럼 야심이 있어서 부부가 합심해서 회사를 경영했다면 지금쯤 회사가 훨씬 더 성장했을지도 모르겠네요. 이제 와서 그런 생각을 해 봐도 별수 없지만요.

첫 만남이요? 왜 그런 게 궁금하시죠? 아, 뭘 알고 싶으신 건지 알았습니다. 아무래도 터무니없는 소문이 한둘이 아닌 모양이네요. 제가 아오이와 결혼하기 전에 다른 여성과 약혼했었다는 소문을 들으신 거죠? 가로챈 결혼이니 뭐니 하는 그런 소문 말입니다.

분명, 아오이와 결혼하기 전에 약혼한 사람이 있었던 건 사실입니다. 부모님이 정해 준 그런 관계였지만, 당사자인 저희도 합의했습니다. 시내 양조 회사 사장 딸인데 나이도 같고 자란 환경도 비슷했기 때문에 마음도 잘 맞았어요. 하지만, 공교롭게도 선을 본 다음 달, 아오이와 재회했습니다. 대학생이었던 아오이가 고향으로 와서 아르바이트를 시작했어요.

저는 매일, 점심시간에 그 가게에서 커피를 마시는 것이 일과

였는데 그러다 보니 자연스럽게 친해졌어요. 같은 동네에 살던 아이라서 얼굴은 알고 있었지만, 성인이 된 아오이와 대화를 나눠 본 건 그때가 처음이었습니다. 아주 예쁘고 매력적인 사람이라는 생각이 들었죠. 아오이도 저를 의식하고 있는 게 느껴졌어요. 뭐 그다음은 남녀 사이라는 게 그렇죠.

미리 말씀드리지만, 아오이는 제가 약혼했다는 사실을 몰랐습니다. 이유는 저 자신도 잘 모르겠지만, 제가 말하지 않았거든요. 그때의 심리를 어떻게 설명하면 좋을지……. 어쨌든 가로채다니 말도 안 됩니다. 잘못이 있는 건 제 쪽이죠.

제가 아오이에게 약혼자가 있다는 것을 밝히고 나서 아오이도 저도 괴로웠습니다. 아오이는 상대 여성에게 너무 미안하다며 슬피 울고 아르바이트도 그만두었어요. 저는 그저 미안하다고 빌었습니다. 그러자 아오이가 저에게 그러더군요. 자기가 아니라 약혼녀에게 사죄해야 하지 않겠냐고요. 저는 깜짝 놀랐어요. 저는 괴롭지만 아오이와 헤어지고 원래 정해진 결혼을 해야겠거니 생각했거든요.

"상대 여성분께 사과하러 가야 해요. 같이 가요. 저도 성심성의껏 사죄할게요."

그 말을 듣고 아오이가 저를 한 치의 의심도 없이 믿고 있다는 것을 알게 되었어요. 제가 파혼하리라고 굳게 믿은 거죠. 그런 순수함에 감동하지 않을 남자가 어디 있겠어요?

저는 부모님께 의절당할 것을 각오하고 파혼했습니다. 그 후, 아오이에게 프러포즈했지요. 아오이가 나쁜 사람으로 오해받지 않도록 부모님께는 모든 것을 솔직하게 말씀드렸습니다. 그래서 저희 집안은 원만했어요. 악성 루머는 아무 관계도 없는 사람들이 악취미로 퍼뜨린 유언비어입니다.

지금 와서 생각하면 아오이는 사람들의 그런 비난 어린 시선을 떨쳐 버리고 싶었는지도 모르겠습니다. 그래서 그렇게까지 모든 일에 필사적이었던 거겠죠.

이혼한 것을 후회하지는 않습니다. 다만, 아오이에게 미안한 심정이 남아 있어요. 저와 인연을 맺는 바람에 귀중한 인생 중 몇 년을 허비한 거잖아요. 그렇게 재능이 뛰어난 사람인데 말이죠. 수천 명, 수만 명의 사람에게 용기를 줄 수 있는 사람이었는데.

짧은 기간이었지만, 아오이와 부부로 지낼 수 있었던 것을 저는 자랑스럽게 생각합니다.

현재 결혼 생활이요? 만족합니다. 아내는 불만이 있겠지만요. 결국, 저는 누구에게나 좀 부족한 남자인 거죠. 긴 결혼 생활을 통해 그걸 깨달았습니다.

그건 그렇고, 진짜 대체 무슨 목적으로 이런 질문을 하시는 겁니까? 이제, 가 보겠습니다. 점심시간이 끝났으니 회사로 들어가 봐야 합니다.

11
사요의 이야기

 사실은 조금도 관여하고 싶지 않았지만, 도저히 가만히 있을 수가 없어서 연락했습니다.

 미안하지만, 저는 당신에 대한 기억이 없어요. 졸업 앨범 같은 걸 여기 가지고 오지도 않았고, 1학년 때 같은 반 친구라니, 전혀 모르겠어요.

 유미? 아, 그 애는 기억이 나요. 왜냐하면, 모리 아오이의 시녀 중 한 명이었거든요. 그때 모리 아오이 편에 붙은 아이들은 죽어도 잊어버리지 않아요. 당신에 대한 기억이 전혀 없는 걸 보니 틀림없이 뒷짐 지고 지켜보고만 있었겠군요. 그렇죠? 그게 시녀보다 더 나빠요.

그런데 왜 갑자기 제 본가로 연락한 거죠? 모리 아오이의 정체를 알고 싶다고요? 무슨 일이라도 있었던 건가요? 알려 주세요. 저는 줄곧 그 애의 탈이 언젠가 벗겨질 거라고 믿으며 살아왔기 때문에 궁금하네요.

 모리 아오이의 현재 활약상이요? 네, 오빠에게 들었어요. 그러고 나서 인터넷에서 이것저것 검색해 봤어요. 그 애에게 돈을 쓰고 싶지는 않아서 책을 사서 읽어 보지 않았지만, 블로그는 전부 읽어 봤어요. 네, 전부요. 그래서 당신에게 연락한 거예요.

 이 세상에는 밥 먹듯이 거짓말을 하는 사람이 있다는 걸 아세요? 모리 아오이가 그런 사람이에요. 블로그에 쓴 글들도 틀림없이 전부 거짓말일 거예요. 적어도 저에 관해 쓴 글은 순 거짓말이에요. 무슨 낯짝으로 그런 글을 쓸 수 있는지 모르겠어요. '2차 가해'라는 말이 있잖아요, 그거랑 똑같은 거예요. 수십 년이나 지났는데 또다시 나락으로 떨어지는 기분이에요.

 맨 처음에 "사요한테 냄새나."라고 말한 사람이 모리 아오이였냐고요? 유미가 그랬다고요? 흥. 정확하게는 유미가 모리 아오이의 사주를 받아 "냄새난다."라고 말했고, 아오이가 "그런 말 하면 안 되지. 자, 맡아 봐, 아, 좋은 냄새."라고 받아쳐서 모두 폭소를 터뜨렸어요. 그때부터 저는 '소똥 향수', '쿠사요' 등으로 불리게 된 거고요.

 아, 그렇군요. 당신은 유미에게 그 이야기를 듣고 모리 아오이의 정체가 궁금해진 거군요. 음, 하지만, 관점에 따라서는 유미도 피해자라고 할 수도 있긴 하겠네요. 당해 보지 않은 사람은 이해가 안 될 수도 있지만, 모리 아오이는 사람 마음을 조종하는 데 고수거든요.

 무슨 말이냐고요? 자, 그럼 무슨 일이 있었는지 알려 드리죠.

 반 아이들에게 '쿠사요'라는 놀림을 당하고 나서 저는 학교에 못 가게 되었어요. 담임선생님과 학급 임원 아이들이 집에 찾아왔지만, 저는 나가 보지 않았어요. 아무도 보고 싶지 않았거든요.

 그러던 어느 날, 하필이면 모리 아오이가 집으로 찾아온 거예요. 사회 과목 견학 때 그 애가 모두가 보는 앞에서 선생님께 호되게 야단맞은 것을 우리 가족이 전부 알고 있었는데 그 아이가 제 발로 우리 집에 찾아오다니, 용기 있는 행동이라고 칭찬했어요. 저는 한 번도 방에서 나가지 않았는데도 그 애는 지치지도 않고 몇 번이나 찾아와서는 눈 깜짝할 새에 우리 가족을 자기편으로 만들어 버렸어요.

 믿을 친구도 한 명 없이 외로웠던 저에게 가족이 어떤 존재였는지 아나요? 그 가족이 나를 괴롭힌 장본인의 편이 되는 모습을 제가 어떤 기분으로 지켜봤는지 모를 거예요. "그 아이는 본바탕은 착한 아이다.", "영리하고 성실한 아이야.", "반성하는 사람은 용서해 줘야지." 그런 말을 계속 들으면서 제가 얼마나 상처받았는지 상상이 되나요? 특히 오빠는 그 애에게 홀딱 넘어가서 엄마한테 저런 아이가 며느리가 되면 좋겠다는 말을 듣고 헤죽헤죽하는 모습이라니. 정말 절망뿐이었어요.

편지에 관한 이야기가 블로그에 있었죠? 저의 장점을 적었다나 뭐라나 하는 편지요. 저는 읽어 보지도 않았어요. 아무렇게나 던져 둔 걸 식구들이 가져가서 멋대로 읽어 보더니 감격하더라고요. 이렇게 멋진 친구들이 많은데 왜 너는 학교에 가지 않냐는 둥, 왜 꽁하고 있냐는 둥, 급기야 친구들이 나쁜 게 아니라 제 마음이 비뚤어졌다고 했어요.

죽고 싶지 않겠어요?

제가 자살을 기도했던 건 알고 있죠? 하지만, 그 이유는 몰랐죠? 바로 이거예요. 원인은 가족이었어요. 본인들에게는 말한 적 없지만요. 아니요, 배려해서 그런 게 아니라, 말을 해도 통하지 않을 것이기 때문이에요. 실제로 지금까지도 아무것도 모를걸요. 오빠가 당신에게 무슨 이야기를 했는지는 모르지만, 그 애를 나쁘게 말하지 않았죠? 엄마도 그랬고, 지금은 세상을 떠난 아빠도 그랬어요. 모두 지금도 모리 아오이를 좋은 아이라고 생각하니까요. 그리고 모리 아오이의 호의를 순수하게 받아들이지 않았던 저를 마음이 비뚤어진 아이라고 생각했어요. 자살을 기도한 것도 우울증에 걸린 것도 모두 저의 비뚤어진 마음 때문이라고 믿고 있어요.

왜 그런지 아세요? 그게 편하기 때문이에요.

부모님과 오빠는 제가 괴롭힘을 당한 것에 죄책감을 느끼고 있었어요. 낙농업은 가업이었으니까요. 그러니까 "냄새난다."라고 말했던 장본인이 기특하게 집으로 찾아와서 저를 학교로 다시 데리고 가려고 애쓰는 모습에 위로를 받고 감격했던 거죠. 그렇게 죄책감에서 해방되었던 거예요.

그런데 고개를 돌려 보면 그곳에는 아직, 방에 틀어박혀서 끙끙 앓고 있는 제가 있어요. 그 모습을 보면 또 가라앉아 있던 죄책감이 솟구쳐 올라오니까 싫었겠죠. 이 애만 모리 아오이를 용서하고 기분 좋게 학교에 가 주면 가족 모두의 마음이 편안할 텐데, 이렇게 생각했겠죠.

모리 아오이가 정말 무서운 게 뭔지 알아요? 그 애는 제 가족을 회유하여 자기편으로 만들면 그들이 저를 비난하리라는 것을 알고 있었다는 거예요. 그 결과로 제가 얼마나 큰 고통을 받을지도 알고 있었고요.

  고작 열두세 살 아이가 어떻게 그런 일을 하겠냐고요? 그럴까요? 그럼 그 애는 왜 제 가족의 환심을 사려고 했을까요? 반성했기 때문에? 설마요.

  애초에 왜 그 애가 저를 표적으로 삼았는지 알아요? 네 맞아요. 우연이 아니라, 그 애는 의도적으로 저를 노린 거였어요. 저는 보기 좋게 희생물이 되었고요. 아마도 질투 때문이었을 거예요.

  제가 소위 '왕따' 이런 건 줄 알았나요? 아니요, 괜찮아요. 한 번이라도 괴롭힘을 당하면 그런 꼬리표가 붙는 법이니까요. 의외겠지만, 그렇지 않았답니다. '쿠사요'가 되기 전에, 저는 꽤 인기인이었어요. 십 대 청소년 대상 잡지에 투고한 초단편 소설이 채택되었거든요. 별생각 없이 본명으로 제출했기 때문에 곧바로 반 아이들이 다 알게 되었어요. 대단하다느니 우리 반에서 유명인이 나왔다느니, 다들 한마디씩 했어요.

  모리 아오이는 글을 잘 썼어요. 나중에 프로 작가가 되었을 정도니까 당시에도 자신만만하지 않았겠어요? 그런데 평소 국어 성적도 좋지 않았던 제가 글을 써서 사람들에게 인정받고 주목을 받아 버린 거죠. 그런 걸 못 견디는 애예요, 그 애는. 그건 그 애와 초등학교부터 같이 다닌 유미가 잘 알고 있을 테니 물어보세요.

 그래서 저를 표적으로 찍은 거예요. 그 애의 목적은 저를 철저히 짓밟는 것. 반성 따위 했을 리가 없어요. 왜냐하면, 저는 그 애에게 단 한 번도 사과를 받은 적이 없거든요. 그 애는 저에게 나쁜 짓을 했다는 생각이 조금도 없어요.

 당신도 그 애의 뒤를 캘 생각이라면 아주 조심하는 게 좋을 거예요. 오빠 이야기를 들어서 알고 있겠지만, 우리 가족은 여전히 그 애에게 마음을 조종당한 상태 그대로니까요.

12
나카이 루민의 에세이
〈사죄와 용서〉

이전에 중학교 시절에 있었던 괴롭힘에 관해 쓴 적이 있다. 내 블로그 게시글 중에서도 반향이 컸던 글이다.

읽지 않으신 분을 위해 대략적인 내용을 소개하고 나서 오늘 이야기로 넘어가고자 한다.

***

중학생 때 A라는 친구가 "냄새난다."라고 놀림을 당해 학교에 오지 않게 된 일이 있었다.

놀렸던 아이는 분명하게 사과했고 벌도 받았는데 A는 완강하게 계속 등교를 거부했다.

　나는 그 이유를 생각하며 A가 입은 상처가 얼마나 깊은지 깨달았기 때문에 A에게 우리의 진심을 전할 수 있는 방법이 없을지, 고심했다.

　사죄가 통하지 않는다면 어떻게 해야 마음이 전달될까?

　내가 고심 끝에 얻어 낸 답은 '선의'였다.

　나는 반 아이들 모두가 A의 '장점'을 찾아내고 그것을 편지로 정리하여 전달하자는 제안을 했고 아이들이 모두 찬성해 주어 그대로 실행했다.

　그리고 편지를 전해 준 다음 날, A는 정말로 학교에 돌아왔다. 선의가 통한 것이다.

***

　선의가 통한다는 것은 알았다. 그렇다면 왜, 사죄는 통하지 않았던 것일까?

　이번에는 그것에 관해 쓰고자 한다.

　몇몇 짓궂은 아이들이 A에게 "냄새난다."라고 말하자마자 그걸 듣고 있던 담임선생님이 불같이 화를 내며 그 아이들 모두를 A 앞에 세우고 사과하라고 했다.

모두 선생님의 말씀에 따라 고개를 꾸벅 숙이고 "미안해."라고 말했다. 고개를 덜 숙인 아이, 목소리가 작은 아이는 다시 해야 했다.

그리고 나서 제대로 사과한 아이부터 자기 자리로 돌아갔다.

앗?

그렇다. 용서한 사람은 선생님이었지, A가 아니었다. 돌이켜 생각해 보면 A가 "괜찮아."라고 말한 적은 없었던 것 같다.

나쁜 짓을 하면 사죄한다. 이것은 누군가 나에게 호의를 베풀었을 때 고맙다는 말을 하는 것과 세트로, 아마도 전 세계 모든 나라에서 공통적인 인간관계의 기본일 것이다.

그리고 사과를 받으면 '용서한다'. 이것도 한 세트에 포함될 것이다.

그러나 사실 용서할지 말지 정할 권리는 사죄를 받은 사람에게 있으므로 사과한다고 해서 자동으로 용서받는 것은 아니다.

그즈음 A가 등교를 완강히 거부했던 이유를 알지 못해 다 같이 고민했는데, 지금은 A의 심정을 알 것 같기도 하다.

A에게는 자신을 놀린 아이들을 진심으로 용서할 기회가 없었던

것이다.

나는 사실 사과를 거의 하지 않는다.
이렇게 쓰면 인간으로서 자격 미달 같아서 독자 여러분께 실망을 드릴 우려가 있지만, 오해를 무릅쓰고 감히 이렇게 쓴다.

초등학생 때, "미안해."라는 말을 입에 달고 사는 아이가 있었다. 그러면 사람들에게 '잘 자란 아이'라는 칭찬을 받을 수 있어서 기뻤는지 "미안해."를 남발했다. 그리 미안할 상황이 아닐 때도 툭하면 미안해, 미안해, 라고 말했다. 그것은 일종의 습관이라고 해도 과언이 아니었다.
나도 자주 그 아이에게 사소한 일로 사과를 받았다. 모르는 사람에게는 부자연스러워 보였을지 모르지만, 우리는 너무 익숙해져서 딱히 유쾌하지도 불쾌하지도 않았다.
그러던 어느 날, 친해진 전학생이 그 아이에 관해 이렇게 말했다.
"저 애, 항상 무척 기분 좋은 듯이 사과하더라."
명백히 좋은 의미로 한 말은 아니었다.
"그게 무슨 의미야?"
"저 애는 상대방을 위해서가 아니라 자기 자신을 위해서 사과하는 거야."

지금 생각해도, 어른스러운 아이였던 것 같다. 그때 뭐라고 대꾸했는지는 기억나지 않지만, 그 대화는 두고두고 마음에 남았다.

그리고 몇 년 후, 중학교에 올라가서 'A 괴롭힘 사건'을 접하게 되었다.

자기를 괴롭힌 아이들을 용서하지 않고 고집스럽게 등교를 거부하는 A를 곱지 않은 시선으로 보는 사람들도 있었지만, 내가 그들과 똑같이 A를 나쁘게 말하지 않고, 거듭된 고민을 통해 '선의'를 전달하고자 하는 결론에 도달할 수 있었던 것은 초등학교 시절 그 경험을 했기 때문인지도 모른다.

세상에는 상대방을 위해서가 아니라 자기 기분을 좋게 하고 자신의 마음이 편해지려고 하는 '사죄'가 있다.

그것을 알고 난 후, 나는 함부로 사과하지 않게 되었다.

물론, 정말로 나쁜 짓을 했다면 진심으로 사죄한다. 반성은 물론이고 벌도 달게 받는다.

그러나, 사죄하기 전에 나 자신의 정의와 선의의 기준으로 판단하여 상대방에게 전해야 할 것이 있을 때는 그렇게 하고 있다.

13
오카다 와타루의 이야기

 아, 가입을 희망하신다는 견학자분이군. 응, 잘 오셨어. 잘 부탁해요. 견학 와서 2차까지 참석하는 사람은 드문데. 아니, 좋아요, 좋아. 웰컴, 웰컴. 우리는 누구에게나 열린 교실이거든, 그렇죠 모두들. 자, 그럼 건배.

 그런데, 여기를 어떻게 알고 오셨나? 아니, 우린 특별히 홍보 같은 것도 하고 있지 않으니까. 소개자도 없이 찾아오는 일은 드물거든. 누구? 나카이 루민? 당신도 나카이의 독자신가? 그렇군, 그쪽이군. 저쪽에 있는 노란 셔츠 입은 여성도 마찬가지. 나카이의 팬이라며 가입했어요. 결국, 남은 건 저 사람뿐이지만.

 앗, 아니라고? 독자가 아니라 그저 이름만 안다고? 그거 다행이군. 하하 이건 농담, 농담이에요. 뭐 누구의 팬이든 독자든 자기 작품을 최선을 다해 써 주면야 나는 아무 상관 없지. 누구누구의 열렬한 팬입네 하는 사람일수록 그 사람을 모방하는 경우가 많다 보니 솔직히 말하면 나로서도 지긋지긋하거든. 저 노란 옷 입은 사람은 좀 달라. 엉망진창이긴 하지만, 제대로 된 자기 글을 쓰고 있지. 엉망진창이라는 건 사족인가? 입이 거친 게 내 매력 포인트니까 듣고 흘려버려요, 알겠죠? 응? 내 지도가 너무 엄하다고? 오늘은 많이 봐준 편이었는데. 뭐 사실, 여기가 프로 작가 양성 강좌는 아니니까 좀 더 적당히 해도 되긴 할 테지만, 내 기질상 그렇게는 또 못 하거든. 목적이 무엇이든, 문예 창작을 하려는 자에게는 진검 승부라는 거지.

그래서, 나카이 루민이 뭐라고 했다고? 오호, 그런 말을 했나? 그 글을 읽고 관심을 가지게 되셨다고? 나카이도 기특한 구석이 있군. 어이, 반장, 나카이가 잡지 인터뷰에서 내 칭찬을 했다는군. 기분 좋은데.

그럼 견학자분은 어떤 글을 쓰고 계시는가? 완전히 생초짜? 그런 경우도 흔치는 않은데. 뭐 상관없어요. 글을 쓰는 데 빠르고 늦고는 없으니까. 우선은 시작하는 게 중요하지.

나카이? 아, 곧잘 썼지. 내 취향은 아니었지만, 높이 평가했어요. 글 자체는 투박스럽고 어딘가 부족하고 세련된 맛은 없었지. 하지만 내용이 좋았는걸. 읽는 사람이 누구든 마음에 콕 박히도록 공을 들이고 다듬고 또 다듬어서 쓴 글이라는 게 느껴지는 글이었거든. 바로 그 부분이 다른 사람들과는 다른 점이었어.

아 물론, 지도할 때는 나카이에게도 가차 없었지. 오히려 다른 사람들한테 하는 것보다 더 신랄하게 했어요. 딱히 편애를 한 건 아니지만 야심이 있는 사람에게는 그에 발맞춰서 지도하고 싶어지는 게 가르치는 사람의 심리거든. 아, 그럼. 나카이는 야심에 찬 사람이었지. 야심의 화신 같은 느낌이랄까. 견학자분은 어떠신가? 초보든 베테랑이든 상관없어. 야심 있어요, 없어요? 꽤나 야심 찬 표정이군.

그럼 한 가지 알려 드릴까? 아마추어와 프로 사이에 흐르는 길고 깊은 강에 관해서. 쳇, 반장, 또 시작이군, 하는 표정 짓고 말이야. 뭐 상관없고. 어쨌든 길게 가로지르는 강이 있거든. 아마추어와 프로 사이에. 그걸 건너는 사람과 건너지 못하는 사람이 있어요. 어떤 사람이 그 강을 건널까? 굉음을 내며 세차게 흐르는 강물을 필사적으로 손으로 가르고 발로 차는 사람이에요. 당연하지 않냐고? 그 당연한 걸 해내는 사람이 거의 없다는 거지. 모두 폼만 잡다가 물살에 휩쓸려 가 버려. 자유형이니, 평영이니, 틀에만 얽매이는 사람들도 떠내려가 버리고. 결국, 강을 건너는 사람은 아무리 꼴사납게 허우적대더라도 물살을 헤쳐 나가는 사람이거든.

재능? 그런 건 손바닥 크기만 한 차이 정도로 사소한 거예요. 중요한 건 얼마나 필사적으로 발버둥 치는가, 그거거든. 그걸 모르면 화장실 휴지처럼 순식간에 휩쓸려 떠내려가서 누구의 기억 속에도 남지 않아요.

나카이 루민은 처음부터 그 강을 건너겠다는 기세가 등등했지. 견학 온 첫날 나카이의 표정도 뚜렷이 기억나요. 촌구석에 살던 일개 주부였던 그녀가, 도저히 억누를 수 없는 뭔가가 마음속에 쌓이고 쌓이다 분출해서 신칸센에 올라타고 도쿄까지 떠밀려 와 버린 느낌이었어. 오늘 당신처럼 맨 뒷줄에 앉아서 잔뜩 긴장하고 있으면서도 몸을 앞으로 뺀 채 고개를 이렇게 쑥 내밀고 눈빛을 반짝반짝 빛내고 있었거든. 수업이 끝나자 쏜살같이 나한테 와서 이렇게 말하더군.

"선생님, 저, 무슨 일이 있어도 책을 내고 싶어요."

그리고 즉시 가입. 무엇을 쓰고 싶은지보다 먼저 책을 내고 싶다는 말에, 참 별난 사람이라는 생각은 들었지만, 그 야심만만한 모습이 맘에 들었지.

그때부터 매월 두 번, 꼬박꼬박 작품을 써서 빠지지 않고 참석했어요. 처음에는 속에 있는 걸 토해 내는 듯한 글을 써 와서 영 별로였는데 점점 읽을 만한 글을 써 오더니 자신감이 붙은 후에는 블로그를 시작하더라고. 그리고 나서 얼마 뒤, "오!" 하고 나도 모르게 탄성이 절로 나오는 작품을 써 왔더라고. 그때 '드디어 강을 건넜구나.' 이렇게 생각했지.

내가 탄성을 지른 작품이 어떤 거였냐고? 세세한 건 일일이 기억 못 하지. 하지만 틀림없는 사실은 그녀가 아니면 쓸 수 없는, 아주 개인적이고 생생한 이야기로 글을 시작한다는 것. 거기서 사고의 깊이가 깊어지며 보편성을 내포한 결론에 도달하는 패턴이에요. 그런 글이 사람들의 공감을 불러일으키는 거거든. 독자가 "내 이야기잖아."라고 생각하게끔 하는 거지. 강평 때, 나카이의 글을 읽고 엉엉 울어 버린 사람도 있을 정도였으니. 저기 봐요, 저쪽 구석에서 차를 마시고 있는 분홍색 스웨터, 저이는 항상 펑펑 울었다니까. 엄청난 거지, 프로 데뷔도 하기 전에 독자를 울리다니.

아, 그리고 보니 한 가지 강렬하게 기억에 남았던 일이 있군. 내가 누군가의 작품을 강평하면서 어떤 표현에 관해 "리얼리티가 없다."라고 비평했더니, 그 글을 쓴 이가 "선생님, 그런데요,

이건 실제로 일어난 일이니까 그 지적은 부적절합니다."라고 반박을 하더군. "나 참. 실제로 일어난 일을 쓰면 리얼리티라고 생각하는 건가? 독자가 리얼리티를 느끼지 못하면 어쩔 도리가 없는 거야."라고 설명을 해 줘도 인정하지 않고 물고 늘어지더니 급기야 화를 내더라고. 나도 다혈질이다 보니 발끈해서 쾅, 폭발했지.

그 험악한 분위기 속에서 나카이가 손을 쓱 들어 올리고 이렇게 말하더라고.

"외람되지만 제 생각을 말씀드려도 괜찮을까요?"

교실은 쥐 죽은 듯이 조용해졌지.

"응, 말해 봐."

나의 말에 나카이는 조용히 자리에서 일어나 이렇게 말하더군.

"선생님이 아무리 호통을 치셔도 소용없을 겁니다. 왜냐하면, 이 분은 지금, 자기가 옳고 선생님이 틀렸으므로 선생님이 뜻을 굽혀야 한다는 생각밖에 없기 때문입니다. 가르침을 구하지 않는 사람을 가르칠 수는 없습니다."

몇 명인가 키득키득 웃었고 한 사람이 손뼉을 치니, 덩달아 다들 손뼉을 치더라고. 나에게 항의하던 학생은 그다음 달에 글쓰기 교실을 그만두었어요.

그 사건이 계기가 된 게 아닐까, 나카이가 이 글쓰기 교실에서 리더십을 발휘하기 시작했던 게. 저기, 저쪽에 있는 반장, 최고참인 사사이 씨가 일단 이 교실을 이끌어 주고 있지만, 나카이가 있는 동안에는 나카이가 실질적인 리더였어요. 그래서 잘 굴러갔었지.

 나카이가 여기를 그만둔 이유? 그야 데뷔했으니까. 나의 지도 따위 더 이상 필요 없어졌지. 편집자가 배정되고 수많은 독자가 생겼으니까.

 응? 트러블? 그런 거 없어요. 모두 화기애애했거든. 사이가 너무 좋아서 나카이를 따라 그만둔 사람도 있다니까, 껌딱지도 아니고 참. 그런 사람도 있더라고. 나카이가 손에 넣은 영광의 콩고물이라도 받아먹어 볼까 하는 얄팍한 수작이지. 스스로는 빛나지 못하면서. 빛나고자 노력도 하지 않고. 쓰레기지.

 그건 그렇고, 어떻게 하시려고? 가입하실 건가, 말 건가? 하룻밤 생각해 보시겠다고? 아, 그래요.

 대놓고 말할 수는 없지만, 나카이가 그만두고 난 후, 이 글쓰기 교실은 취미 수준으로 글을 쓰는 사람들뿐, 프로 작가를 노리는 야심가가 없으니 재미가 없어. 당신한테 그런 기백이 있으면 꼭 가입하셔.

14
사사이 쓰네코의 이야기

 오카다 선생님, 인상이 강렬하죠? 괜찮았어요? 그런 식으로 너무 거침없이 말을 하는 타입이다 보니 그걸 못 견디고 나가 버린 사람도 있다니까요. 하지만, 어쩌겠어요, 그게 선생님 천성인데.

 반장이요? 네, 선생님이 그렇게 부르시니까 그게 저의 별명이 되어 버렸어요. 애초에 이 글쓰기 교실은 선생님 팬이었던 제가 만들었거든요. 그러니까 자네가 반장이야, 라고 하시지 뭐예요.

 궁금한 게 있으면 무엇이든 물어보세요. 제가 아는 것은 대답해 드릴게요. 네? 나카이 루민 씨에 관해서요? 아, 조금 전에도 선생님께 물어보셨죠. 팬은 아니라고 말씀하신 것을 얼핏 들었는데, 뭔가 나카이 씨에 관해 궁금하신 거라도 있나요?

네? 아아, 친구분이 나카이 씨 온라인 살롱 회원이신데 당신도 가입하라고 권유를 받으셨다고요. 그렇군요.

그래서 오카다 선생님은 뭐라고 하시던가요? 입이 마르도록 칭찬하셨어요? 역시. 아니요, 그럴 법도 하지요. 왜냐하면, 이 글쓰기 교실에서 처음 프로 작가가 나왔으니까요. 선생님께는 둘도 없는 애제자겠죠.

그렇긴 한데…… 우리, 저쪽 구석 자리로 옮겨요. 비어 있으니 상관없을 거예요. 저기 실례지만, 견학자분이 글쓰기 교실 관련해서 궁금하신 게 있다는데 조용한 곳으로 옮겨도 될까요? 여기는 너무 번잡해서. 네, 잠시 지나가겠습니다.

자. 무슨 얘기까지 했었죠? 아, 맞다, 온라인 살롱. 그게 어떤 건지 저는 잘은 모르는데, 거기서 나카이 씨는 무슨 일을 하고 계신 거죠? 아 네, 회원을 모아서 인터넷에서 토론을 하는 거군요. 생각하는 힘을 기르기 위해서요? 오, 훌륭한 일이네요.

하지만 글쎄요, 솔직히 말씀드리면 저는 나카이 씨를 그렇게 신뢰하지는 않아요. 왜냐고요? 글쎄요, 어떻게 말씀드리면 좋으려나. 나카이 씨가 이곳 글쓰기 교실에 다닐 때는 주로 에세이를 써 왔는데요, 작품은 정말 훌륭하고 대단했어요. 그걸 읽고 눈물을 흘리는 사람도 있을 정도였으니까요. 아, 맞아요, 저쪽에 있는 분홍 스웨터 입은 분, 지사토 씨예요. 지사토 씨는 매번 울었다니까요. 나카이 씨는 아주 능숙해요. 사람의 마음속으로 파고들고 심금을 울리는 거요.

그런데, 어느 날 회원 한 분이 나카이 씨한테 아이디어를 도둑맞았다는 말씀을 하셨어요. 저한테만 살짝 알려 주셨어요. 총명하고 품위 있는 회원분이었는데 일을 크게 만들고 싶지 않고, 직접 얼굴을 맞대고 얼굴 붉히는 건 싫다고 하시면서 중재해 줄 수 없는지 저에게 물어보셨어요.

아니요, 표절이라고 할 정도는 아니었어요. 오늘처럼 이 가게에서 모두 같이 와자지껄하게 술을 마실 때 그 회원분, 성함이 쇼코 씨인데요, 다음 작품의 아이디어를 언뜻 이야기했대요. 그런데 다음 달, 나카이 씨가 그 핵심 내용을 담은 에세이를 써 왔다는 거예요. 그 아이디어에 관해서는 여러 사람이 들었는데 쇼코 씨는 소설, 나카이 씨는 에세이를 쓰기 때문에 알아차린 사람은 없었다고요.

내용이요? 분명, 무슨 일을 하든지 사람들에게 오해받는 남자가 악행을 거듭하는 동안 영웅이 되어 버렸다는 그런 이야기였던 걸로 기억해요. 나중에 쇼코 씨가 그 아이디어로 단편소설을 써서 제출하셨기 때문에 기억하고 있어요.

나카이 씨의 에세이는 간단히 말하면 사람은 자신이 생각하고 싶은 대로 타인을 바라본다는 내용이었어요. 그게 바로 쇼코 씨 소설의 주제였거든요.

쇼코 씨가 작품을 완성해 글쓰기 교실에 제출한 것은 나카이 씨가 그 에세이를 제출한 다음 수업이었기 때문에 강평 때 오카다 선생님께 "그러고 보니 지난번 나카이의 에세이에서 아이디어를 얻었군."이라는 말을 들어서 억울했다고 하더라고요. 그래서 저에게 상의하신 거예요.

어떻게 해야 할지 고민했는데요, 저도 실력은 형편없지만, 글을 쓰는 몸이니 쇼코 씨의 억울한 심정이 이해가 되더라고요. 그래서 단둘이 있게 되었을 때 넌지시 나카이 씨에게 물어보았지요. 그 에세이는 혹시 쇼코 씨가 말했던 아이디어에서 힌트를 얻었냐고요.

그랬더니 불같이 화를 내더라고요. 나카이 씨의 그런 모습 처음 봤어요. 정말 깜짝 놀랐어요.

"어떻게 그렇게 무례한 말씀을 하실 수 있어요? 아이디어를 훔친 사람은 쇼코 씨라고 오카다 선생님도 말씀하셨잖아요? 그런데 백지에서부터 저만의 작품을 창조해 내는 저에게 잘도 그런 말씀을 하시네요. 여보세요, 사사이 씨, 당신이야말로 언제나 남의 것을 훔치니까 그런 생트집을 잡는 거예요. 자기가 그러니까 다른 사람도 그럴 거라고 생각하는 건 큰 오산이에요."

이러면서 길길이 날뛰더라고요. 금방이라도 눈물을 쏟을 듯한 애처로운 표정, 아시죠? 그런데 갑자기 이렇게, 눈을 세모로 치켜뜨고서 말이에요. 저는 기겁해서 그만 "죄송해요, 죄송해요." 하고 싹싹 빌었지 뭐예요.

하지만, 사실은 저도 머리끝까지 화가 났거든요. 오카다 선생님은 그런 의미로 말씀하신 게 아니었는데, 마치 "쇼코 씨가 나카이 씨의 아이디어를 훔쳤다."라고 말씀하신 것처럼 말한 데다가 저에게 "당신이야말로 언제나 남의 것을 훔친다."라고 말하다니요. 그런데 그 기세에 눌려 사과하는 말이 먼저 나가 버리는 바람에 아무것도 따지지 못했어요.

그날 이후, 저는 나카이 씨를 피하게 되었어요. 다른 사람들에게는 티를 내지 않았기 때문에 오카다 선생님도 눈치를 못 채셨을 거예요. 그런데 얼마 후 나카이 씨가 아무 일도 없었다는 듯이 생글생글 웃으며 말을 걸어오는 게 아니겠어요? 정말 기절할 뻔했다니까요.

"사사이 씨, 반장님."

이렇게 이전과 다름없는 태도로 애교 부리듯이 저를 부르는데 제 쪽에서 모른 체하면 제가 얼마나 나쁜 사람으로 보이겠어요? 그러니 평소처럼 대할 수밖에요. 그게 얼마나 고역이었는지 말도 못 해요.

왜냐하면, 그 사람이 아무리 나긋나긋한 말씨로 말을 하든, 촉촉한 눈빛으로 눈물을 쏟을 듯한 표정을 지으며 어떤 아름다운 이야기를 하든, 제 귓가에는 그날 "당신이야말로 남의 것을 훔친다."라며 저를 매도하던 그 분노에 찬 목소리가 끊임없이 맴돌거든요. 저에게 그렇게 무례한 말을 하고서 나카이 씨는 저에게 사과 한 마디 하지 않았답니다.

쇼코 씨는 그 사람 얼굴을 보는 것도 끔찍하다며 얼마 안 있어 글쓰기 교실을 그만두었어요. 저도 그러고 싶었지만, 발기인이라는 입장이다 보니, 그럴 수도 없어서 이를 악물고 버티며 계속 다녔어요.

그래서 나카이 씨가 글쓰기 교실을 그만두었을 때는 정말 한시름 놓았어요. 데뷔는 잘된 일이지만, 솔직히 말씀드리면 저는 조금도 기쁘지가 않더라고요. 그래서 《당신은 더 빛날 수 있다!》가 출간되었을 때 글쓰기 교실의 뜻있는 분들이 열었던 출판 기념 파티에도 참석하지 않았어요. 그걸 두고 시기한다느니 뭐라느니 수군대는 사람도 있었지만, 말하고 싶은 대로 말하라지요. 어쨌든, 속이 후련했어요.

아이고, 내 정신 좀 봐, 처음 뵌 분께 이런 이야기를 주절주절 지껄이다니. 죄송해요. 술이 과했나 봐요. 오랜만에 나카이 씨 이름을 듣고 이렇게 감정이 솟구쳐 오르다니 저 스스로도 놀랐어요. 제가 오늘 한 이야기는 다른 사람에게는 비밀로 해 주세요.

어쨌든 제가 드릴 수 있는 말씀은 그런 사람과는 깊은 관계를 맺지 않는 게 상책이라는 거예요.

15
노무라 지사토의 이야기

 어머? 아, 안녕하세요. 오늘 견학 오신 분이시죠? 사사이 씨와 대화에 열중하고 계셔서 아까는 인사를 못 드렸어요. 네, 역으로 가는 길이에요. 그쪽으로 가세요? 그럼 같이 가시죠.

 글쓰기 교실, 들어오실 거예요? 아직 생각 중이시군요. 꼭 들어오세요. 정말 좋아요. 다른 분들도 다 좋으시고 무엇보다 사사이 씨가 워낙 살뜰하게 관리해 주시니까 든든해요.

 나카이 루민 씨요? 제가 나카이 씨 에세이를 읽고 항상 울었다고요? 아이참, 그런 이야기를 하셨나요? 부끄럽네요.

 네, 맞아요. 저는 나카이 씨가 쓴 글을 읽고 항상 감동의 눈물을 흘렸어요. 지금도 마찬가지예요. 나카이 씨의 책이나 블로그 글을 읽으면 가슴이 뭉클해지거든요.

나카이 씨의 온라인 살롱이요? 아니요, 저는 거기에는 가입하지 않았어요. 나카이 씨 팬이긴 하지만, 글쓰기 교실 동료였던 사람이기도 하고, 뭐랄까 관계성이 바뀌는 건 싫어서 가입하고 싶은 맘은 들지 않더라고요. 글쓰기 교실 학생 중에 가입한 사람이요? 있어요. 나카이 씨와 함께 그만두었기 때문에 이미 학생은 아니지만요. 살롱 시작도 돕지 않았을까요? 아, 그러니까 살롱 회원이라기보다 스태프일지도 모르겠네요.

껌딱지요? 오카다 선생님이 에리를 그렇게 말했나요? 하하하, 선생님답네요. 아, 그 애 이름이 에리예요. 하지만 음, 그 말이 꼭 틀린 건 아니에요. 에리는 나카이 씨에게 늘 붙어 있었거든요. 나카이 씨 데뷔가 정해진 후에는 거의 비서나 매니저처럼 행동했고요. 아니요, 팬과는 조금 다른 느낌이에요. 팬이라면 저처럼 나카이 씨의 작품을 좋아하는 사람이잖아요? 에리의 경우는 그렇다기보다 뭐라고 해야 하나…… 왜 있잖아요, 유명하거나 성공한 사람을 좋아하는 사람들이요. 그런 타입이에요. 나쁜 애는 아니지만, 상승 욕구가 강한 걸까요? 오카다 글쓰기 교실에 들어온 것도 무언가 글을 쓰고 싶어서가 아니라 오카다 선생님과 인맥을 만들고 싶어서라고 당당하게 말한 적이 있거든요. 무엇을 위한 인맥인지는 모르지만요.

네, 저는 순수하게 나카이 루민 씨 팬이에요. 네? 읽고 감동했던 글이요? 갑자기 그런 질문을 받으니 딱 떠오르지는 않네요. 작품 수가 많거든요. 나카이 씨 블로그를 읽어 보신 적 있으세요? 양이 방대하죠? 대부분 한번 글쓰기 교실에 제출했던 작품이에요. 오카다 선생님의 강평을 받은 후, 수정해서 업로드한 거예요. 그렇게 해서 실력을 갈고닦았던 거죠. 역시 대단해요.

중학생 시절 괴롭힘에 관한 에피소드요? 어떤 내용이었죠? 아, 그거라면 분명히 기억해요. 읽어 보셨어요? 멋진 이야기지요. 괴롭힘을 당해서 등교를 거부하게 된 같은 반 여자아이에게 나카이 씨가 진심이 담긴 편지를 전해 주고 격려함으로써 상처를 딛고 일어서게 했던 이야기였죠. 네, 그 글도 처음에는 글쓰기 수업 때 발표했던 작품이에요.

물론 울었죠. 저는 아이를 키우고 있어서 여러모로 감명을 받았어요. 2차 회식 자리에서 작품에 관해 나카이 씨와 꽤 많은 이야기를 나눴던 기억이 있어요. 같은 반 친구의 '장점'을 모두 함께 말해 보자는 생각은 어디에서 얻었냐고 물었어요. 그랬더니, 이렇게 대답하더라고요.

"괴롭힌 아이가 아무리 사과해도 그 아이에게는 그 마음이 통하지 않았다는 거잖아요? 얼마나 상처가 깊었으면 그럴까 생각이 들었어요. 그런 사람에게는 대체 어떻게 하면 진심이 통할까? 어린 중학생이었지만, 제 나름대로 열심히 생각하고 또 생각하고 또 생각한 끝에 '선의'밖에 없다는 결론에 이르렀어요."

맞아요, 그 에세이의 주제는 '선의'였어요. 나카이 씨는 "사과가 반드시 선의에서 비롯된 것은 아니다."라고도 말했어요. "사과는 자기 마음이 편해지려고 하는 것이므로 이기적이에요.", "그래서 저는 웬만하면 사과하지 않아요."라고요. 사과하기 전에 먼저 선의를 표시한다고 했어요.

뜨끔하더라고요. 정말 예리하죠. 저는 금방 사과하는 타입이거든요. 심지어 상대방의 기분이 상하기도 전에 사과할 때도 있어요. 제 버릇이에요. 저희 애들에게도 "고마워.", "미안해." 말할 수 있는 사람이 되어야 해, 라고 훈육해 왔고, 저 역시도 그런 말을 들으며 자랐기 때문에 사과하는 것에 의심을 품어 본 적조차 없었어요. 하지만, 나카이 씨의 눈으로 보면 그런 저는 이기심 덩어리겠죠. 곰곰이 생각해 보니 그런 면이 있는 것 같거든요. 나카이 씨는 그 사실을 이해하고 가르침을 준 것 같아요.

사과하지 않는 사람이 문제 아니냐고요? 후후, 누군가에게 똑같은 말을 들은 적이 있어요. 하지만, 저는 그때까지 사과가 이기적이라는 생각 자체를 해 본 적이 없었기 때문에 솔직히 정말 정곡을 찔렸다는 생각이 들었어요.

뭐 사람들 중에는 그런 날카로운 지적을 싫어하는 사람도 있긴 하죠. 아니요, 당신을 가리켜 말하는 게 아니라 어디까지나 일반론이에요. 글쓰기 교실에도 있었어요. 자초지종을 들은 것은 아니라서 어디까지나 상상이지만, 아마 그 사람, 나카이 씨에게 아픈 곳을 찔린 거 아닐까 싶어요. 자존심이 센 사람이라서 참을 수가 없었던 거죠. 적어도 저처럼 순수하게 감동하지 않았던 건 분명해요. 그 일 때문에 글쓰기 교실을 그만두었거든요.

그 사람이 저한테 그러더라고요. 제가 나카이 씨에게 너무 빠져 있다고요.

"나카이 씨는 말의 힘이 강한 사람이야. 보통 사람들은 자신만만하고, 강압적이며 거만한 태도를 가진 사람에게 약하니까 그런 타입의 사람은 조심해야 해. 줏대가 없고 휩쓸려 가기 쉬운 사람일수록, 얼핏 들으면 강력해 보이지만, 알고 보면 알맹이도 없는 진부한 말에 현혹되기 십상이거든."

이러는 거예요. 말이 너무 심하죠? 저 보고 줏대가 없고 휩쓸려 가기 쉬운 사람이라니요. 기가 막혀서. 그 사람도 처음에는 나카이 씨에게 푹 빠졌었어요. 나카이 씨가 들어오기 전까지 글쓰기 교실에서 진지하게 프로 작가를 목표로 하는 사람은 그 사람뿐이었는데, 자기처럼 열정 있는 사람이 들어왔다고 무척 기뻐했거든요.

네, 두 사람은 사이가 정말 좋았어요. 나카이 씨는 에세이, 그 사람은 소설을 썼어요. 장르가 다르니까 서로 적대시하는 일도 없이 격려와 응원을 주고받는 모습이 부러울 정도였어요.

두 사람 사이에 무슨 일이 있었는지는 모르지만, 그 사람, 쇼코 씨가 일방적으로 화가 난 듯했거든요. 아마 나카이 씨의 말에 제 발이 저렸던 게 아닐까 싶어요. 나카이 씨의 말은 그 정도로 예리하게 폐부를 찌르거든요. 본질을 꿰뚫는다는 말이 이런 의미겠죠.

"남에게 약점을 지적받았을 때 어떻게 반응하는가, 그것이 그 사람의 품격을 보여 주는 거예요."

이것도 나카이 씨에게 들은 말이에요. "지사토 씨는 순수하게 받아들일 줄 아는 사람이라는 점에서 매우 훌륭해요."라며 칭찬해 주었어요. 정말 기뻤답니다.

그래서 저는 나카이 씨를 진심으로 존경해요. 그런 사람과 짧은 기간이나마 책상을 나란히 할 수 있었다니, 얼마나 큰 행운이었는지요.

그러고 보니, 언제였더라, 쇼코 씨가 글쓰기 교실을 그만두고 나서 한참 후에 같이 차를 마신 적이 있었어요. 그때 이 이야기를 했더니 또 화를 내는 거예요.

"그런 식으로 칭찬받았다고 해서 기뻐하면 안 돼. 무작정 사과하는 것이 이기심에서 비롯된 것이라는 말은 일리가 있을지 모르지만, 그 이상도 이하도 아니야. 그것보다 사과하지 않는 사람이 훨씬 더 문제지."

맞다, 이때 들었네요, 사과하지 않는 사람이 문제라고요. 그것도 알죠, 당연히 이해해요. 하지만, 나카이 씨의 뛰어난 통찰력은 있는 그대로 인정해야죠. 그렇지 않나요? 저는 그러는 편이 인생을 훨씬 풍요롭게 한다고 생각하는데요.

아, 이쪽에서 타세요? 저는 반대편 방면이라 저쪽 플랫폼이에요. 그럼, 글쓰기 수업 때 꼭 다시 뵈어요.

16
바바 쇼코의 이야기

 사사이 씨께 말씀 들었습니다. 나카이 루민에 관해 묻고 싶으시다고요? 좋습니다. 시간은 신경 쓰지 마세요, 홀가분한 독신이거든요. 네, 회사원이에요. 통신판매 카탈로그나 기업 팸플릿 같은 걸 만드는 작은 편집 프로덕션에 근무하고 있어요.

 빙빙 돌려서 말하는 건 질색이니 먼저 제 의견을 말씀드릴게요. 나카이 루민과는 엮이지 않는 게 좋아요. 그 사람은 정신병자예요, 농담 아니에요. 정확한 병명 같은 건 모르지만, 뭐라고 해야 하나, 사이코패스인가 뭔가 하는 정신병 있잖아요. 정말 상식적으로는 이해할 수 없어요. 한마디로 정신이상자라고요.

 사사이 씨가 글쓰기 교실에서 있었던 일을 말해 주었죠? 어떻게 생각해요? 당장은 믿기 힘들다고요? 음, 그렇겠네요. 정상이 아닌걸요. 그래서 병이라고 한 거예요.

그런데 피해를 당해 본 사람이 아니면 그게 무슨 말인지 정확히 이해할 수 없을 거예요. 그렇지 않은 사람에게는 '멋진 사람'이니까 아무리 말을 해도 소용없죠.

나카이를 카리스마 넘친다고 말하는 사람이 있죠? 하지만, 피해자의 눈에는 진흙으로 뒤덮인 바윗덩이로밖에 보이지 않아요. 이해되시려나, 이 느낌? 바윗덩이예요, 바윗덩이. 시커먼 바위. 요지부동 바윗덩이. 그렇게 도저히 말이 통하지 않는 상대인 거예요. 그 사람 속에는 이건 이래야 한다, 저건 저래야 한다, 이런 식으로 자기가 정해 둔 이상적인 모습이 있어서 그것 외에는 인정하지도 않고 용납하지도 않아요. 처음에는 마치 여신처럼 반짝반짝 사근사근 좋은 향기를 풍기며 상냥하게 대해 주지만, 이쪽이 조금이라도 이건 이렇지 않다, 저건 저렇지 않다고 그 심기를 거스르면 우르릉 쾅…… 하고 바윗덩이로 변신해요. 어휴, 웃을 일이 아니라니까요. 정말이에요.

제가 글쓰기 교실에서 쫓겨나게 된 자초지종을 들려 드릴까요? 네, 표면적으로는 스스로 그만둔 거지만, 사실상 쫓겨난 것과 마찬가지예요.

돌아보면 그렇게 된 계기는 아마도 나카이가 교실에 들어온 직후에 있었던 사건 같아요.

그 사람은 글쓰기 교실에 가입하고 나서 첫 번째 수업 때 형편없는 소설을 제출했어요. 내용은 잊어버렸지만, 도덕 교과서 같은 교훈을 늘어놓은 이야기였어요. 평소 같았으면 오카다 선생님께 된통 혹평을 당했을 텐데 첫날이라서 그런지 선생님도 나름대로 조심스럽게 평소보다 낮은 강도로, 하지만 일침을 가하는 강평을 하셨어요. 당신도 견학 왔을 때 봤으니까 어떤 느낌인지 상상이 되죠? 나카이는 꽤 의기소침했어요. 다른 사람들도 처참하게 당한 건 매한가지니까 그렇게까지 풀이 죽을 필요는 없었을 텐데, 어쨌든 울적해 하더라고요.

2차로 간 술집에서 사사이 씨를 비롯한 글쓰기 교실 회원 모두가 나카이를 다독였어요. 물론 저도요. 이제 막 가입한 새내기라서 안쓰럽기도 했고 멀리 떨어진 곳에서 신칸센을 타고 참석한다는 말도 들었거든요. 떠들썩하게 각자가 오카다 선생님께 들었던 가장 가혹한 강평을 배틀이라도 하듯이 늘어놓았어요.

모임이 끝날 때쯤, 나카이는 완전히 기운을 되찾았는데, 지금 와서 생각해 보면 그때 우리가 나카이의 비위를 과도하게 맞춰주었던 것 같아요. 그 사람이 제일 좋아하는 게 그런 거거든요.

그때부터 글쓰기 교실은 나카이 루민 손에 완전히 넘어간 게 아닌가 싶어요.

너무 과장스럽다고요? 그러니까 피해를 당해 보지 않으면 모른다니까요.

에세이로 장르를 바꿔 보면 어떻겠냐고 제안한 사람은 오카다 선생님이에요. 모두가 나카이를 위로할 때 "왠지 나만 나쁜 놈 같잖아."라고 말씀하시면서 나카이에게 조언하셨어요. 에세이가 더 맞지 않겠냐고요. 선생님도 나카이에게 마음을 빼앗겼던 것 같아요. 이제까지 학생에게 그런 말을 해 준 적은 없었거든요.

하지만, 역시 그런 면이 프로의 안목이랄까, 결과적으로 오카다 선생님의 예측이 들어맞았어요. 나카이는 그 이후에 괜찮은 에세이를 써 왔어요. 그야 처음부터 지금 같이 뛰어난 수준의 글은 아니었지만, 그럭저럭 읽을 만한 글이었죠. 선생님도 흐뭇하신 듯했고요. 그리고 그것도 지금 생각하면 좋지 않은 징조였던 것 같아요.

선생님의 흐뭇한 표정이야말로 학생들이 가장 원하는 것이었어요. 그래서 선생님이 칭찬하는 사람은 모두가 무조건 우러러봐요. 그건 나카이 루민에게만 해당하는 건 아니었지만, 그 사람이 칭찬받는 횟수가 늘어남에 따라 모두들, 뭐랄까요⋯⋯ 무엇에 썬 것처럼 잘한다, 잘한다 그랬어요. 그 찜찜한 기분, 아시려나.

이걸 질투라고 한다면 그저 입을 다무는 수밖에 없지만요. 당신도 그렇게 생각해요? 아니에요? 정말로? 그렇다면 다행이지만요.

미리 말해 두지만, 제가 성인군자는 아니니까 시기심도 있었다는 걸 부인하지는 않아요. 하지만, 그때의 그 찜찜한 기분은 질투나 시기와는 다른, 완전히 별개의 것이었어요. 질투면 차라리 나았을 거예요. 왜냐하면, 질투도 그 사람이 좋아하는 먹잇감이거든요. 차라리 제가 나카이를 시기했다면 나카이는 저를 배척하려 하지 않았을 거예요.

어쨌든, 2차로 간 술자리에서 제가 소설의 아이디어를 말했던 시기가 그때쯤이었어요. 그런 이야기를 한 게 그렇게 특별한 일은 아니었고, 늘 해 왔던 거였어요. 그 자리에서 그런 이야기를 하면 오카다 선생님이 조언해 주실 때도 있고, 다른 사람들의 의견을 듣거나 반응을 살필 수 있어서 저희 같은 학생들에겐 소중한 기회거든요.

안타깝게도 그때 오카다 선생님은 사사이 씨와 말씀을 나누는 중이어서 제 이야기를 듣지 않으셨어요. 제 아이디어를 들은 사람들은 인사치레 정도로 "재미있을 것 같다."라고 무난한 소감을 말해 주었어요. 그런데 나카이 루민만은 달랐어요. 뭐랄까, 가만히 제 가슴께를 응시하며 몸을 쑥 내밀고서, 제 이야기를 듣고 있다기보다 사냥감을 노리는 듯한 그런 느낌이었어요. 이해 가요?

그런데 다음 글쓰기 수업에 나카이가 제출한 에세이가 제가 말했던 것과 똑같은 거예요.

학생들의 작품은 수업 일주일 전쯤, 사사이 씨가 단체 메일로 보내 줘요. 나카이 루민의 작품을 읽어 보니 그날 밤 제가 술자리에서 "이 아이디어로 이런 이야기를 써 볼까 생각 중인데……"라고 말한 것을 정말 그대로, 고스란히 마치 자신의 경험처럼 변형해서 써 놨더라고요.

어떻게 받아들여야 하나? 내 아이디어가 그만큼 좋아서 참고한 것으로 보고 기뻐해야 하는 건가? 왠지 찜찜한 마음으로 수업에 갔어요.

오카다 선생님은 그 에세이를 맘에 들어 하시면서 매우 칭찬하셨어요. 그 글이 저의 아이디어에서 탄생했다는 말이 나카이의 입에서 언제 나오려나 하고 계속 기다렸지만, 끝내 나카이는 그런 말은 한 마디도 하지 않았어요.

머릿속에서 왜앵 왜앵 하고 무언가가 울리는 소리뿐 아무 말도 들리지 않았어요. 그날 제 작품에 대한 강평도 하나도 기억이 나지 않아요. 2차로 간 회식 자리에서 나카이 루민의 옆자리에 앉았는데 나카이는 전혀 거리끼는 내색 없이 평소처럼 생긋생긋 살랑살랑 미소를 지으며 말을 걸어오더라고요. 얼굴이 잔뜩 굳어 있는 저에게 생긋생긋 살랑살랑 아무 일 없었다는 듯이 말을 했어요. 지난번 제가 아이디어를 이야기했을 때 같이 있었던 사람들의 안색을 살펴봤지만, 눈치챈 사람은 한 명도 없더군요.

상황이 그렇다 보니 사람이란 게 참 이상해서 혹시, 내가 착각한 건가, 하는 생각이 들기 시작하더라고요. 사람은 누구나 어디선가 무언가의 영향을 받는 법이잖아요. '나 역시도 은연중에 과거에 읽었던 소설이나 영화의 영향을 받아서 비슷한 표현으로 묘사하거나 같은 주제로 쓰기도 하는 걸 뭐.' 이런 생각이 들더라고요.

하지만, 집에 돌아와서 다시 한번 나카이의 작품을 찬찬히 읽어 봤는데 아무리 봐도 역시 저의 아이디어를 훔쳤다는 생각밖에는 들지 않았어요. 마음속에서 뒤죽박죽 만감이 교차하고 아무리 시간이 지나도 정리가 되지 않았어요. 이건 뭐, 작품으로 써서 보여 줄 수밖에 없다는 생각이 들어서 다음 글쓰기 수업에 제출할 소설을 완성해서 보냈어요.

강평 순서가 왔을 때 오카다 선생님은 보시자마자 "이건 지난번 나카이가 쓴 에세이에서 아이디어를 얻었군."이라고 말씀하셔서 "아닙니다."라고 말하려는 순간 나카이 루민이 끼어들어 큰 소리로 이렇게 말하는 거예요.

"정말 멋진 소설이네요, 선생님. 저도 기뻤답니다."

순식간에 온몸에서 핏기가 가시고 또 그 왜앵 왜앵 하는 소리가 머릿속에서 울리기 시작했어요.

"오, 이번에는 상당히 잘 썼군."

선생님이 전에 없이 칭찬을 해 주셨는데 전혀 귀에 들어오지 않았어요. 나카이 루민은 저를 보며 또 생긋생긋 살랑살랑 미소를 짓고 있는 거예요. 그날은 2차도 가지 않고 도망치듯이 집으로 와 버렸어요.

하지만, 도저히 괴로워 견딜 수가 없어서 사사이 씨에게 속내를 털어놓았지요. 그랬더니 이번에는 사사이 씨가 터무니없는 공격을 당하고 말았어요. 본인에게 들었죠? 너무 무섭지 않나요?

그리고 깨달았죠. 이 사람은 아주 위험한 사람이라는 걸요.

실은 사사이 씨가 공격을 당한 후, 나카이 루민이 저에게 만나자고 한 적이 있어요. 그러더니 저를 마구 몰아세우더라고요.

"쇼코 씨, 사사이 씨에게 무슨 말을 한 거예요? 뭔가, 오해하고 계신 거 아니에요?"

오해? 지금 오해라고 했어요? 생각지도 않은 데서 말이 튀어나올 뻔했지만, 꾹 참았어요.

"쇼코 씨, 저는 매일 촉각을 곤두세우고 살고 있어요. 일상 속의 소소한 사건을 캐치해서 그것을 부풀려 보기도 하고 빚어 보기도 하면서 목숨을 걸고 작품을 쓰고 있어요. 전부 독자적으로 쓰는 거예요. 저는 100퍼센트 결백해요. 이 배의 어디를 가르더라도 제 뱃속은 새하얗다고요. 그런데 이런 기가 막히는 일을 당하다니 저는 요새 통 잠을 못 자고 있어요. 밥도 안 넘어가고요. 병에 걸려 쓰러질 것 같아요. 얼마나 괴로운지 모르실 거예요."

어찌나 말투가 과장스러운지. 눈은 보송보송 말라 있는데 당장이라도 눈물을 쏟을 듯한 표정으로 비난하듯이 암묵의 압박을 가해 오는 거예요. 사과해, 사과해, 사과하라고.

"미안해요."

뭔가에 떠밀리듯이 저도 모르게 말해 버렸지 뭐예요. 사사이 씨도 그랬잖아요. 하지만, 저는 사사이 씨처럼 호인이 아니거든요. '오해는 무슨 오해!' 하고 머리끝까지 화가 치밀어서 "하지만."이라고 말문을 열었어요.

그랬더니, "자, 이걸로 이 이야기는 끝내죠." 탕, 하고 테이블을 내리치더라고요.

"잠깐 기다려요. 지금 오해라고 했는데······."

"그만. 쇼코 씨 이야기는 듣고 싶지 않아요."

눈앞에서 셔터가 드르륵, 내려온 기분이었어요. 제가 입을 딱 벌린 채 멍하니 있는 사이에 나카이는 자리에서 일어나 가 버렸어요.

이해돼요? 그게 어떤 느낌이었는지? 누가 내장을 꽉 움켜쥔 듯한 고통. 목이 찢어지도록 큰 소리로 고함을 지르고픈 기분. 그때 생각했어요. 저 사람은 바윗덩이다. 떡하니 내 앞길을 가로막은 바윗덩이, 무슨 말을 해도 통하지 않고, 무슨 수를 써서라도 나의 전진을 막으려 하는 바윗덩이다.

그날 밤에 바로 사사이 씨에게 전화해서 글쓰기 교실을 관두었어요. 이날 있었던 일은 말하지 않았어요. 사사이 씨는 저처럼 당장 글쓰기 교실을 그만둘 수 있는 입장도 아닌데 더 이상 끌어들이는 건 미안하잖아요.

그 이후로 며칠을 아니 몇 달을 괴로움에 시달렸는지 몰라요. 지금쯤 글쓰기 교실에서는 내가 악당 취급당하고 있겠구나, 하고 상상하니 몸이 갈기갈기 찢기는 듯한 심정이었어요. 존경하고 좋아하는 오카다 선생님께 이제 가르침을 받을 수 없다는 것도 분했고요. 그만둔 것을 후회한 적도 있지요. 그래서 다시 돌아갈까 싶다가도 그건 생각만 해도 욕지기가 나서. 지금은 이렇게 덤덤하게 말하지만, 당시에는 정말 힘들었어요.

나카이를 완전히 잊기까지 얼마나 걸렸으려나? 어쨌든 겨우 마음을 추슬렀을 즈음에 《당신은 더 빛날 수 있다!》가 출간되었어요.

그때 온몸에서 힘이 쭉 빠져나가는 느낌이란, 어떻게 표현하면 좋을까요? 분노도 분함도 아니었어요. 힘이 쭉 빠져서 스마트폰을 손에 쥔 채로 말 그대로 바닥에 주저앉아 버렸어요. 글쓰기 교실에서 친했던 애와 통화 중이었거든요. 나카이 루민의 광적인 팬이었는데 좋아 죽겠다는 듯이 전화를 걸어 왔더라고요. 제가 교실을 그만둔 이유도 모르고 마냥 해맑게 기뻐하며 나카이를 입이 마르게 칭송하는 거예요. 그걸 듣고 있으니 힘이 빠져 버린 거죠.

네, 맞아요. 지사토예요. 어떻게 알았어요? 견학 때 만났어요? 아, 그랬구나. 아니요. 그 후에도 지사토에게는 아무 이야기도 하지 않았어요. 사사이 씨와 마찬가지로 끌어들이고 싶지 않았거든요. 왜라니요, 내키지 않잖아요. 저와 나카이와의 다툼에 아무 관계 없는 사람들을 끌어들이다니요. 하물며 지사토는 나카이 루민의 팬이기도 하고요. 지사토는 좋은 의미로 곱게 자란 티가 난달까, 남을 의심할 줄 모르는 사람이라 그런 애에게 이 이야기를 한다 한들, 이해할 리 만무해요.

지사토가 저와 나카이 루민이 친했다고 했어요? 네, 맞는 말이에요. 아닌 게 아니라, 초반에는 나카이와 가깝게 지냈어요. 그런 만큼 그 아이디어를 가로챈 것을 용서할 수 없었죠. 더욱 용서할 수 없었던 것은 시치미를 뚝 뗀 것이에요. **뻔뻔한 것도 유분수지**, "제 뱃속은 새하얗다고요."라니…… 쳇.

미안해요, 이 정도면 됐나요? 그 사람 생각을 더 하다 보면 제 뱃속이 시궁창이 될 것 같네요.

마지막으로 한 가지만 말할게요. 그 사람 분명히 또 했을 거예요, 표절.

17
나카이 루민의 에세이
〈호의와 존경〉

누군가를 좋아하게 되면 그 사람을 따라 하고 싶어진다.
이것은 자연스러운 충동일 것이다.

나 역시 지금까지 좋아하는 아이돌의 헤어스타일을 따라 하기도 하고 좋아하는 뮤지션이 애용한다고 알려진 브랜드의 신발을 따라 신기도 했다.
거꾸로 누군가 나를 동경하여 나를 따라 하는 모습을 본 적도 있다.
학창 시절, 친한 친구와 언제나 비슷한 옷을 입고 다녔고, 같은 음악을 듣거나 같은 텔레비전 드라마에 빠지기도 했다.

누군가를 따라 한다는 것은 사람 사이의 연대감을 강화하고 공감 능력을 높이는 역할을 한다. 그 뿌리에 '호의'가 있으므로 다툼거리가 되지 않는다.

여태까지 줄곧 그렇게 생각해 왔다.

최근, 내가 쓴 글을 누군가 훔친 사건이 일어났다.
이런 경우는 정확하게는 '표절' 혹은 '도작'• 등의 표현이 더 적절할 것이다.
그러나, 훔친 사람 쪽에서는 그렇게 생각하지 않았다.
어디까지나 선망의 대상을 따라 했을 뿐이다.
근저에는 '호의'가 깔려 있었다.
따라서 죄의식도 느끼지 않았다.

상대방에게 '호의'를 가지고 있다면 무엇이든 따라 해도 되는 것일까?
한편, 모방의 대상이 되는 쪽에서는 '호의'에서 비롯된 것이라면

• 남의 작품 일부나 전부를 본떠서 자기가 지은 듯이 대강 고쳐서 자기 글로 만듦

무조건 참아야 할까?

  상대는 나의 팬이다. 작가도 인기를 기반으로 하는 직업이므로 팬은 소중한 존재이고 잃고 싶지는 않다.
  그러나 그렇다고 해서 이대로 아무 말 없이 참는 것은 나에게 가장 소중한 보물을 지키지 않고 내버려두는 것이라는 생각이 들었다.

  상대에게 나의 심정을 전하고자 메일을 썼다.
  수차례, 쓰고 고치기를 반복했다.
  상대에게 상처를 주지 않으면서도 나의 솔직한 심정이 전달되도록 세심한 주의를 기울여 썼다.
  그러나, 아무리 여러 번 다시 써도 쓸 때마다 무언가가 부족하거나 넘쳐서 스스로 납득할 수 없었다.

  나에게는 든든한 동료들이 많이 있다.
  그들도 나를 무척 걱정해 주었다.
  상대가 블로그를 업데이트할 때마다 그 게시글 속에 내 작품에서 도용한 부분을 발견하여 꼼꼼히 알려 주었다.
  법적 대응을 하는 게 어떠냐고 제안한 사람도 있었다.

그렇게까지 하고 싶지 않았기에 나는 애써 메일을 썼던 것이었다.

그러나 안타깝게도 정성을 담아 써서 보낸 메일이 상대에게는 통하지 않았다.
아무래도 상대방은 자신의 '호의'가 짓밟혔다고 받아들인 듯했다.
갑자기 그 사람은 안티 팬으로 돌변하여 나를 미워하고 혐오하게 되었고, 나에 대한 중상 비방을 인터넷에 퍼뜨리고 다녔다.
결국, 가장 원치 않았던 소송 문제로 번질 지경이 되었을 즈음 겨우 멈췄다.
'호의'는 한순간에 증오로 변할 수 있다는 것을 뼈저리게 느낀 사건이었다.

도작 혹은 표절과 관련하여 나에게는 잊을 수 없는 기억이 하나 있다.
나는 데뷔하기 전, 어떤 사람으로부터 내가 자기 작품을 도둑질했다는 공격을 받은 적이 있다.

나도 상대도 아마추어였기 때문에 공개적으로 밝혀지는 일 없이, 당사자 두 명 외에는 아무도 모르게 수습되었다. 그러나, 자칫 그때

대응을 잘못했더라면 나는 프로 작가 데뷔를 기다리지 못한 채 붓을 꺾었을지도 모른다.

    그만큼 큰 상처를 받고 동요했던 사건이었다.

    그 사건은 어느 글쓰기 교실에서 일어났다. 글쓰기 교실에 관한 사항이 유출되지 않도록 상세한 정보는 적지 않겠다.

    어느 날 갑자기, 수강생 동료 중 한 사람이 내게 와서 "당신이 내 아이디어를 훔쳤다."라고 비난했다.

    그녀도 프로 작가 지망생이었기 때문에 나는 내심 그녀를 선의의 경쟁자로 여기고 맹렬히 싸우는 심정으로 임했었다.

    그런 사람에게서 이런 말을 들으니 프로 작가를 지망하며 목숨이라도 거는 심정으로 집필 활동을 하고 있던 나는 크나큰 충격을 받았다.

    그녀를 좋은 라이벌이자 동료라고 생각하고 존경했던 만큼 상처도 깊었다.

    나는 그만 그녀에게 비난을 퍼부을 뻔했다. 그러나 가까스로 참을 수 있었다.

    나를 멈춰 세운 것은 다름 아닌 그녀에 대한 '존경심'이었다.

우리는 둘이 따로 만나 차분히 이야기를 나눴다.

그랬더니 의외의 사실이 밝혀졌다.

그 주에 그녀가 글쓰기 교실에 제출한 작품이 우연히 그 전 수업 때 내가 쓴 작품과 매우 유사했고 강사님이 그 사실을 지적하셨다는 것이다.

나도 그 글쓰기 수업 때 참석했는데, 전혀 알아채지 못했다. 그 정도로 가볍게 언급하고 지나가셨기 때문이다.

앞서 기술한 대로 그녀도 나와 마찬가지로, 목숨을 걸고 글을 쓰는 사람이었다. 그래서 그녀가 얼마나 큰 충격을 받았을지 충분히 짐작할 수 있었다.

"선생님의 지적을 듣고 나서 당신이 지난번에 쓴 작품을 다시 읽어 보니 정말 콘셉트가 비슷하더라고요. 하지만, 나는 그 아이디어를 반년 전부터 마음속에 품고 있었거든요. 그래서 훔쳤다고 한다면 내가 아니라 당신이다, 그렇게 생각했어요."

그렇게 말하고는 울며 사과하는 그녀에게 나도 울며 사과했다.

"저도 제가 아이디어를 훔쳤다는 말을 들은 순간, 발끈해서 깊이 생각하지 않고 당신을 비난할 뻔했어요."

우리는 마음을 열고 대화를 나눔으로써 관계를 악화시키지 않고 악수를 하고 헤어질 수 있었다.
그럴 수 있었던 이유는 우리 둘 사이에 '존경'이 있었기 때문이라고 생각한다.

'호의'는 너무도 쉽게 증오로 바뀌지만, '존경'은 증오의 불꽃을 끈다.
누군가를 좋아하게 되었을 때, 그 감정이 증오로 바뀌지 않으려면 상대가 존경할 수 있는 사람인지 판별하는 것이 중요하다고 생각한다.
또, 누군가 나에게 호의를 품고 있다면, 그 속에 존경이 담겨 있는지 확인하고 싶다.
그렇게 생각하며 주위를 살펴보니 관계가 오래 지속되는 행복한 커플은 서로 존경한다는 것을 확인할 수 있었다.
그리고 다행히 나에게는 내가 존경하고 나를 존경해 주는 가족과 친구가 있다.
그들에게 진심으로 고맙다는 말을 전하고 싶다.

18
도모토 에리의 첫 번째 이야기

 네, 무슨 일이시죠? 네, 맞아요. 조금 전까지 여기서 나카이 루민 씨의 사인회가 있었어요. 혹시 지금 오신 건가요? 아쉽네요. 바로 조금 전에 끝났어요. 루민 씨도 이미 가셨고요. 어머, 책도 가지고 오셨는데 죄송하네요.

 저요? 아니요, 이곳 점원은 아니에요. 루민 씨의 친구라고 해야 하나, 스태프라고 해야 하나, 원래는 같은 글쓰기 교실 동료였어요. 오늘은 도와주러 왔어요.

 글쓰기 교실이요? 네, 그야 뭐 루민 씨는 정말 대단했죠. 단연 필력이 뛰어나서 당시부터 스타 작가의 포스가 느껴졌다고 할까…… 아, 그거예요, 그거. 카리스마. 저 같은 건 중간에 이미 작품 쓰는 건 뒷전이고 루민 씨를 만나는 게 글쓰기 교실에 나가는 유일한 이유였죠, 아하하.

루민 씨는 그때부터 블로그를 운영했는데 구독자가 꽤 많았어요. SNS는 겁난다고 데뷔할 때까지 하지 않았어요. 트위터나 인스타그램도 하지 않았는데 그렇게 성공적으로 데뷔하다니 대단하지 않나요?

데뷔하게 된 계기요? 어머, 팬이라면서 그것도 모르세요? 패션 잡지 〈Shirley〉의 특집 기사였어요. 어느 날 갑자기 혜성처럼 나타나 양면을 꽉 채우며 두둥. 그것도 블로그를 장기간 꾸준히 운영해 왔기에 가능한 일이었죠. 원고를 의뢰해 온 편집자가 루민 씨 블로그의 구독자였거든요. 신데렐라 이야기죠.

그때 글쓰기 교실에서도 열기가 대단했어요. 강사는 오카다 와타루라는 분인데요, 아, 아세요? 이십 년쯤 전에는 종종 텔레비전 같은 데도 출연했던 할아버지 문예 평론가인데요, 글쓰기 교실에서 처음으로 프로 작가가 나왔다며 야단법석이었어요.

하지만 이건 비밀인데, 시기하는 사람도 있었답니다. 루민 씨는 줄곧 오카다 선생님께 특별히 총애를 받은 데다가 리더를 맡았던 사람보다 뛰어난 리더십을 발휘했거든요. 게다가 프로 작가로 데뷔까지 해 버렸으니 안 봐도 알겠죠?

루민 씨의 글이 게재된 〈Shirley〉가 나온 직후부터 글쓰기 교실 분위기가 삐거덕거리기 시작했어요. 루민 씨를 응원하는 파와 질투하는 파로 양분되어 버렸어요. 그래서 루민 씨는 글쓰기 교실을 계속하고 싶어 했는데 더 이상 못 견디고 그만두었어요. 그때 저도 함께 그만두었죠. 왜냐하면, 루민 씨가 없는 글쓰기 교실은 가도 아무 의미가 없는걸요. 솔직히, 루민 씨 뒤를 이어 데뷔할 만한 사람도 딱히 없었고, 오카다 선생님 수업에도 더는 매력이 느껴지지 않았고요. 이렇게 말하기는 미안하지만 이미 한물간 사람이랄까요. 아하하, 야단맞겠다.

저는 패기 넘치는 사람을 좋아해요. 또, 재능 있는 사람. 가만히 있어도 스포트라이트가 알아서 비춰 주는 사람. 박수갈채가 어울리는 사람. 모두가 동경하는 사람.

루민 씨는 그야말로 그런 사람이잖아요. 그렇죠?

데뷔 전에도 카리스마가 대단했는데 데뷔하고 나서 한층 더 다듬어져서 그런 걸 뭐라고 하더라…… 아, 맞아요. 세련미. 외모도 예전보다 더 세련미가 돋보여요. 많은 사람의 관심을 받으면 점점 아름다워지는 사람이 있잖아요? 그것도 재능이겠죠. 그야 뭐, 글재주가 뛰어난 데다가 자신을 가꾸는 센스도 탁월하다 보니 시기하는 사람도 있죠.

네? 글쓰기 교실 회원들 말씀이세요? 아니요, 지금은 아무하고도 연락하지 않아요. 막 그만두었을 즈음에는 친하게 지냈던 사람과는 가끔 만나곤 했는데요, 점점 연락하는 횟수가 줄더니 어느샌가 연락이 끊겨 버렸어요. 여자들의 우정은 남자들처럼 오래가지 않잖아요.

 저는 루민 씨의 팬 1호라서 줄곧 따라다니고 있어요, 하하하. 오늘도 자원해서 팬 사인회 뒷정리를 도우러 온 거예요. 무엇이라도 루민 씨에게 도움이 되고 싶어서요. 게다가 루민 씨는, 저보다 나이는 꽤 많지만, 마음은 소녀 같아서 제가 딱 붙어 있지 않으면 물가에 내놓은 아이 같아요. 일은 그 누구보다 탁월하게 해내는 사람인데 그 외에는 세상 물정을 너무 모르거든요. 그래서 저도 모르게 발 벗고 나서서 돕게 돼요. 어느샌가 매니저 역할을 하고 있더라고요. 최근에는 이상한 사람들도 들끓거든요. 루민 씨 같은 사람에게는 특히, 이상한 착각에 빠진 사람들이 몰려들기 때문에 누군가가 지켜 주지 않으면 안 돼요.

 어머, 나 좀 봐, 처음 뵌 분께 주저리주저리 떠들었네요. 죄송해요, 여기, 십 분 내로 정리해야 해서 이쯤에서 실례할게요. 네? 도와주신다고요? 정말 감사합니다. 루민 씨 팬은 정말 다 좋은 분들이어서 뵐 때마다 기쁘답니다. 아, 물론 아까 말씀드린 이상한 사람들은 말고요.

있답니다, 진짜 이상한 사람들. 그런 사람들도 팬이라고 해야 하나? 협박장이 온 적도 있어요. 무섭죠? 첫 저서 출판 축하 파티 때였어요. 글쓰기 교실에서 뜻있는 사람들이 주최한 파티였는데요, 글쓰기 교실 회원뿐 아니라 회비를 내면 누구나 참석할 수 있도록 해서 일반 팬들도 많이 참석했어요. 블로그 구독자가 이미 많았거든요. 모든 분들 덕분에 책을 출간할 수 있었으니까 모두 함께 기쁨을 나누고 싶다고 루민 씨가 제안했어요.

루민 씨는 팬들을 끔찍이 생각해요. 오늘 사인회만 보더라도 그래요. 한 명 한 명에게 정중하게 인사하고 사인뿐만 아니라, 한마디씩 꼭 적어 주더라고요. 악수도 양손으로 하고 간혹 무례한 짓을 당하더라도 절대로 싫은 내색하지 않고 미소를 잃지 않아요. 정말 존경해요.

아, 협박장 이야기를 하고 있었죠. 맞아요, 그 파티에 축하 선물을 가져오는 사람이 많다 보니 테이블 하나에 전부 모아서 올려 두었는데요, 반짝반짝하는 수많은 크고 작은 선물 상자와 봉지들 사이에 무늬 없는 흰색 봉투 한 통이 섞여 있었어요. 접수 담당 아이가 열어 보았더니 뭔가 무서운 말이 쓰여 있었어요.

아니요, 무단으로 열어 본 건 아니고, 선물은 전부 사전에 열어 보게 되어 있었어요. 루민 씨는 SNS도 무서워하는 사람이다 보니, 다른 사람이 보낸 선물에도 꽤 예민해서 스태프가 전부 미리 개봉해서 체크하도록 부탁하거든요.

아뇨, 커터 칼이라뇨, 쇼와 시대® 아이돌도 아니고, 하하하. 루민 씨가 걱정했던 건 책의 내용에 대한 폄하나 자기에 대한 악담 같은 그…… 아, 그거예요, 그거, 중상과 비방. 그런 걸 두려워했어요. 그렇게 뛰어난 재능을 가졌고 지지자가 그렇게 많은데도, 책을 제대로 읽었는지 모를 사람들이 분풀이하듯 쏟아내는 말에 상처를 받더라고요.

워낙 뛰어난 사람이다 보니 예전부터 자주 시기를 받는 타입이었나 봐요. 아무 기억도 없는 일 때문에 비난받거나 괴롭힘을 당하기도 하고, 하지도 않은 일을 했다고 고자질을 당하는 등 어린 시절부터 불쾌한 일을 당한 적이 한두 번이 아니라고 하더군요.

"에리 씨, 질투는 세상에서 가장 추하고 무서운 감정이야."

이것이 루민 씨의 말버릇이었어요.

네? 협박장의 내용이요? 뭐였더라, 아마, 당신의 정체를 알고

● 일본 히로히토(裕仁) 일왕 시대의 연호(1926~1989)

있다, 이런 유의 이상한 내용이었어요. 섬뜩하죠?

 범인이요? 결국, 밝혀지지 않았어요. 경찰에 신고한 것도 아니니까 어쩔 수 없었지만요. 루민 씨가 원치 않았어요. 질투는 비뚤어진 애정이므로 건드리지 않는 것이 좋다고요. 저는 루민 씨에게 너무 사람이 무르다고 말했어요.

 하지만, 왠지 범인으로 심증이 가는 사람이 없는 것도 아니에요. 두 사람 정도. 비밀이니까 아무에게도 말하지 마세요.

 한 명은 루민 씨의 온라인 살롱 탈퇴 회원이에요. 자기가 뭐라도 되는 줄 아는 착각에 빠진 팬이에요. 초반에는 아무 문제가 없었지만, 나중에 이런저런 물의를 일으켜서 강제로 탈퇴당한 사람인데요, 아무리 생각해도 의심스러워요.

 또 한 명은 프리랜서 편집자인데 당시 아마추어였던 루민 씨를 눈여겨보고 〈Shirley〉 기사 집필을 의뢰한 사람이에요. 루민 씨 블로그의 열광적인 팬이었대요. 그런데 루민 씨가 책을 출간하자마자 태도가 180도 바뀌었어요. 이런 걸 두고 비뚤어진 애정이라고 하는 거죠. 수상하죠?

 어쨌든, 유명해지면 온갖 어중이떠중이가 나타나서 집요하게 따라다니니 힘들겠어요. 그래도 루민 씨는 늘 팬을 소중히 여긴답니다.

네? 온라인 살롱이요? 네, 저도 스태프로 활동하고 있어요. 관심 있으시면 꼭 들어오세요. 인터넷에서 간편하게 가입할 수 있어요.

19
구라타 도모아키의 첫 번째 이야기

 처음 뵙겠습니다. 메시지 확인이 늦어서 죄송합니다. 아내의 페이스북 메신저로 연락을 받은 게 오랜만이어서요. 막 세상을 떠났을 즈음에는 여기저기서 문의가 왔기 때문에 이따금 확인했는데 최근에는 뜸해져서 거의 확인을 안 했거든요.
 실은 이제 SNS 계정도 삭제할까 생각하던 차였습니다. 사토미의 계정을 통해 사토미의 죽음을 알린 후, 왠지 사토미가 그리워지면 술을 마시고 글을 올리곤 했는데 그런 저 자신이 한심하더라고요. 그런 글을 읽는 사토미의 친구들이나 지인들도 난감하겠죠. 그래서 그런 짓은 이제 그만하자 싶어서 계정을 삭제하려고 했어요. 그런데 아직 이렇게 누군가에게 연락이 오기도 하니, 좀 더 놔둘까 싶기도 하네요.

 그런데 아내와는 어떻게 아시는 분이신지? 메시지를 읽고 성함을 살펴봐도 머릿속에 떠오르지 않아서요. 아, 직접 아는 사이는 아니라고요? 그럼 무슨 일로? 제가 올린 글을 읽으셨군요. 언제 올린 글이었죠? 얼마 전 2주기 때요? 부끄럽네요, 그 글도 엉망으로 술에 취해 쓴 글이었거든요.

 그건 그렇고 그 글에 무슨 문제라도? 글 속에 등장하는 '악마'가 나카이 루민 아니냐고요?

 ……깜짝 놀랐습니다. 대체 그걸 어떻게? 아내를 잘 모르신다면서요? 그럼 나카이 루민의 지인이신가요? 예전 지인이요? 아하, 그러셨군요. 그럼 당신도 그 악마에게 무슨 일을 당하신 거군요. 그렇죠?

 네, 맞습니다. 제가 악마라고 지칭한 사람은 나카이 루민이 맞습니다.

 무슨 이야기부터 할까요.

 사토미는 페이스북 프로필에도 써 놓은 것처럼 프리랜서로 편집 일을 했어요. 그렇기는 한데, 세상을 떠나기 전에는 출판사나 편집 프로덕션에서 소소하게 일을 받아서 하는 정도였습니다. 건강이 악화되어 전에 근무했던 대형 출판사를 퇴사한 후였기 때문에 몸에 무리가 가지 않는 범위 내에서 하겠다며 쉬엄쉬엄 일했어요.

건강 악화의 원인은 갱년기장애였습니다. 하지만, 아내의 경우, 사십 대 초반이기도 했고 증상이 잘 알려진 안면 홍조나 현기증이 아니라 관절 통증, 가슴 두근거림, 불면증과 불안감 같은 것이어서 갱년기장애라는 것을 알기까지 삼 년 이상 걸렸습니다. 그사이에 갔던 병원에서는 '부정형 신체 증후군'●, '불안신경증', '운동 부족' 등등 무책임한 진단을 내리면서 아무것도 해주지 않거나, 듣지도 않는 주사를 놓기도 하고, 부작용이 심한 약을 처방해 주는 바람에 고생을 너무 많이 했어요.

겨우 산부인과에 가서 건강 악화의 원인이 여성호르몬 감소였다는 것을 알게 되고 딱 맞는 약을 처방받은 후, 컨디션이 회복하기 시작했을 즈음에 그 일이 일어났습니다. 사토미는 여성지 〈Shirley〉에 갱년기장애 특집 기획을 제안했어요. 자신의 경험을 살리고자 생각한 거죠.

그 기획이 통과되지 않았으면 이런 일도 일어나지 않았을 텐데.

프리랜서가 된 후 처음 맡는 큰 프로젝트여서 사토미는 의욕

● 원인은 알 수 없는데 병적 증상을 호소하는 상태

이 넘쳤어요. 원고와 대담을 의뢰한 분들은 산부인과 의사, 심리 카운슬러, 사회학자, 생물학자 등으로 모두 사토미 자신이 투병과 치료 과정에서 읽었던 저서의 저자들이나 팟캐스트와 유튜브를 시청하며 의지했던 분들이었습니다.

마지막으로 나카이 루민에게 '당사자' 입장에서 원고를 집필해 주십사 부탁했습니다. 아내가 당시에 아마추어 블로거였던 나카이 루민을 특별히 발탁한 이유는 그 사람의 블로그 역시 사토미가 갱년기 증상으로 힘들어할 때 마음의 오아시스처럼 의지해 왔기 때문입니다.

특히 가장 힘들었던 기간에는 나카이 루민이 블로그에 새 게시글을 올리면 컴퓨터에 매달리듯 읽곤 했어요. 내용을 저에게 말해 준 적도 있습니다. 맘에 드는 글은 인쇄해서 가지고 다녔고요. 이 사람은 언젠가 틀림없이 프로 작가가 될 사람이라고 자주 말했어요.

당신도 나카이 루민의 지인이라면 읽어 본 적이 있겠죠? 같은 세대라면 누구나 "맞아.", "그래." 하며 공감할 만한 글을 쉬운 문체로 쓰잖아요. 사토미는 줄곧 나카이 루민의 블로그를 보며 격려받았습니다.

게시글 중에 원인을 알 수 없는 컨디션 난조에 빠졌을 때 겪은 일을 쓴 글이 있었다고 해요. 사토미는 그 글을 읽고 느낌이 왔다고 합니다. 그래서 나카이 루민에게 연락하여 집필을 제안한 겁니다.

"혹시 그 글의 내용은 갱년기장애에 따른 증상 아니었나요? 만일 그렇다면 집필을 의뢰하고 싶습니다."

사토미의 감은 들어맞았고 나카이 루민은 집필을 수락했습니다.

쟁쟁한 각계 전문가 사이에 아마추어를 기용하는 것을 편집부의 윗선은 꺼렸다는데, 젊은 편집자들이 지지해 주었다고 하더군요. 그즈음, 인터넷을 통해 프로 작가로 데뷔하는 사람들이 잇따라 등장했거든요. 출판업이 불황이라고들 하는데 그런 사람들이 쓴 실용서나 자기 계발서는 나오는 족족 베스트셀러가 되었어요. 나카이 루민의 블로그 구독자 수가 상당했던 것도 편집자들의 구미를 돋웠을 겁니다.

나카이 루민과 첫 미팅에서 돌아왔을 때 흥분한 아내의 모습을 지금도 생생히 기억합니다.

"나카이 씨는 자신의 글과 완전히 똑같은, 훌륭한 인격자였어."

황홀한 표정으로 그렇게 말했습니다. 그 후, 오랜만에 아내가 즐겁게 일에 몰두하는 모습을 보니 저도 기뻤습니다.

두 사람은 마음이 척척 맞았는지 〈Shirley〉 프로젝트가 끝난 후에도 함께 식사하러 가거나 영화나 연극을 보러 가는 사이가 되었어요. 집에 돌아오면 사토미는 언제나 꿈을 꾸는 듯한 기분이랄까, 가벼운 조증 상태 같았어요. 마치 사춘기 소녀가 데이트를 마치고 돌아온 것 같다고 제가 자주 놀렸습니다.

 한번은 나카이 루민을 집에 초대한 적도 있어요. 제가 그 여자를 직접 만나 본 건 그때뿐입니다. 현관에서 나카이 루민을 맞이하면서 하마터면 웃음을 터뜨릴 뻔했어요. 왜냐하면, 헤어스타일부터 옷차림까지 나카이 루민은 사토미랑 똑같았거든요.

 그때까지 나카이 루민의 모습은 사토미가 편집한 〈Shirley〉에 실린 사진밖에 본 적이 없었습니다. 단발에 금테 안경, 옷은 회색인가 남색 재킷이었나. 그런데 우리 집에 왔을 때는 이쯤에서 하나로 묶어서 올린 머리에 굵은 검은색 뿔테 안경이었어요. 아내는 거북이 등껍질 무늬 안경테였지만, 디자인은 같았어요. 입은 옷의 스타일도 똑같았는데 같은 브랜드가 아니었을까 싶어요. 뭐, 얼굴과 체격이 전혀 다르기 때문에 판박이라고 할 수는 없었지만요.

 어쨌든 그 정도로 두 사람은 사이가 좋았습니다. 그즈음 나카이 루민의 블로그에는 '친구 S'라는 호칭으로 아내가 여러 차례 등장했어요. 혹시 아직 읽을 수 있는 상태라면 확인해 보세요.

당시 두 사람의 관계를 잘 알 수 있을 거예요.

그즈음, 사토미는 나카이 루민의 블로그 글을 모아서 책으로 낼 수 없을지, 친분이 있는 편집자들에게 적극적으로 타진하고 다녔어요. 그랬더니 출판사 슈잔샤가 관심을 보였어요. 나카이 루민보다 사토미가 더 기뻐했답니다.

나카이 루민 담당 편집자 시라카와 씨는 아주 유능한 편집자여서 나카이 루민의 방대한 블로그 게시글에서 테마를 뽑아내어 에세이집 《당신은 더 빛날 수 있다!》를 엮어 냈어요. 그 테마가 바로 '어떻게 살지 고민하는 중년, 노년 여성을 향한 응원'이었어요. 자신감을 잃기 시작하는 나이대 여성들에게 딱 들어맞는 내용이었죠. 게다가 인플루언서와 SNS를 통해 홍보하는 전략으로 보란 듯이 초대박을 친 거예요.

그건 나카이 루민에게 세상이 180도 바뀐 순간이었을 겁니다. 사토미는 가장 큰 역할을 해 준 사람이었을 텐데 사토미에게 어떻게 그런 가혹한 처사를 할 수 있는지 아무리 생각해도 저는 도무지 이해가 되지 않습니다.

《당신은 더 빛날 수 있다!》 출간 직후에 일어난 일이었습니다. 슈잔샤에서 사토미에게 보낸 어느 작가분의 문학상 수상 파티 초대장이 도착했어요. 아내는 한동안 그런 자리에 나가지 않앉지만, 기쁜 일들이 잇따르니 모처럼 참석할 마음이 들었던 것 같습니다. 드레스와 구두도 새로 맞추고 머리도 아름답게 세팅한 후 들뜬 마음으로 집을 나섰어요.

그런데 2차까지 갈지도 모른다고 말하고 갔던 사토미가 두 시간도 채 지나지 않아 어두운 표정으로 집에 돌아온 거예요. 어떻게 된 건지 물으니 나카이 루민이 사토미를 완전히 투명 인간으로 취급했다는 겁니다.

파티 회장에 도착하자마자 사토미는 나카이 루민을 발견했다고 합니다. 갓 출간된 첫 책이 대박 행진 중인 신인 작가답게 나카이 루민은 수많은 편집자와 작가들에게 둘러싸여 눈부시게 빛나고 있었다고 하더군요.

그런데 사토미가 손을 흔들어도 나카이는 아는 체하지 않았답니다. 시야에 분명히 들어왔을 텐데. 이상하다는 생각을 했지만, 평소와 옷차림이 달라서 그럴지도 모른다는 생각에 사토미는 나카이 루민의 앞쪽으로 손을 흔들며 다가갔다고 해요. 그랬더니 휙 하고 고개를 돌려 버리더랍니다. 사토미는 다리가 굳어 버려서 그 자리에 멈춰 섰어요. 명백하게 의도적인 행동이었기 때문이죠.

"이유를 모르겠어. 하지만, 짚이는 일이 있어. 혹시 그 일 때문인가? 며칠 전에 루민 씨가 소설 원고를 보내 왔거든. 감상을 들려 달라고 그러더라고. 솔직히 말해서 썩 좋은 작품은 아니었어. 그래서 아주 훌륭하지만, 루민 씨는 에세이 쪽이 더 좋은 것 같다는 뉘앙스의 코멘트를 내 나름대로 정중하게 써서 보냈거든. 그런데 생각해 보니 그에 대한 답신을 아직 못 받았네. 평소에는 반드시 짧게라도 답장을 보내 주는데."

사토미는 그렇게 말했습니다. 그 일 외에는 짐작 가는 것이 없다고요. 저는 "설마 그런 일로 토라지겠어? 어린애도 아니고."라며 웃었습니다. 사실 그렇잖아요?

"지금쯤 자신이 부끄러워서 후회하고 있는 거 아닐까? 조만간 연락 올 거야."

저는 정말 그렇게 생각했어요. 그런데 그렇지 않았습니다. 어느 날, 사토미가 무척 의기소침하길래 왜 그러냐고 묻자 나카이 루민에게 맹렬한 비난을 받았다는 겁니다.

"내가 메일을 보내서 무언가 실례를 범했는지 물어봤어. 그랬더니 답장이 왔는데."

그러면서 사토미가 보여 준 메일에 충격을 받았습니다. 저장해 놨는데…… 있다, 이겁니다.

사토미 씨, 저는 만약 둘도 없이 소중한 친구가 목숨을 바치는 심정으로 만든 작품을 보여 준다면, 저도 목숨을 바치겠다는 마음가짐으로 그 작품을 받아 들고 감상할 것입니다. 물론 반드시 완벽하지는 않을 수도 있고, 저의 취향과 맞지 않을지도 모릅니다. 그렇다고 해도 그 작품에는 절대로 짓밟으면 안 되는 소중한 친구의 모든 것이 담겨 있다는 사실은 절대 잊지 않을 것입니다.

저는 이번에, 사토미 씨에게 저의 가장 소중한 보물을 짓밟혀, 말할 수 없이 슬펐습니다. 괴롭고 고통스러웠어요. 지금도 그렇습니다. 당신을 용서하고 싶은데 이제야 메일이 왔나 했더니 그렇게 가볍게 생각하는 듯한 당신의 말투에 더욱 상처받았습니다.

그건 비단 당신이 친구이기 때문만은 아닙니다. 당신은 편집자잖아요? 작가분들이 목숨을 걸고 쓴 작품을 다루는 것이 당신의 일이잖아요? 그런데 소중한 친구의 작품을 그런 식으로 취급하다니 이게 무슨 경우인가요? 틀림없이 업무를 볼 때도 작가를 깔보고 작품을 우습게 보고, 팔리면 그만이라는 식으로만 생각하고 있는 거죠?

그런 분과 앞으로 함께 일을 해도 좋을지 고민이 됩니다.

슈잔샤의 편집자이신 시라카와 씨는 대단히 진지하고 감동적인 소감을 전해 주셨습니다. 서투른 저의 작품을 그렇게 진지하게 마주해 주시는 분이 계시다는 사실에 희망을 품고 있습니다. 그럼 안녕히. 나카이

사토미는 너무 깜짝 놀라서 곧바로 전화를 걸었는데 나카이는

받지 않았어요. 그래서 이번에는 메일이 아니라 사죄의 마음을 담은 편지를 손으로 직접 써서 보내기로 했어요. 절대 실수해서는 안 된다고 해서 저도 함께 문구를 생각했습니다.

얼마 후 답장을 받고 간신히 화해한 것처럼 보였는데, 지금 와서 생각해 보면 그때 편지 같은 거 쓰지 않았으면 좋았겠다는 생각이 듭니다. 그런 비정상적인 메일을 받은 시점에 관계를 끊으라고 권했어야 했어요.

사토미는 다시 나카이 루민과 만나곤 했는데 이전과는 확연하게 상태가 달라졌어요. 무척 즐거웠다며 기분이 고조되어 돌아오는 날이 있는가 하면, 기분이 축 처진 채 의기소침해서 돌아오는 날도 있었어요. 이유를 물어보면 또 나카이 루민의 기분을 상하게 했다고 말하더라고요. 저는 "거리를 좀 두는 게 어때?" 하고 말했지만, 사토미는 듣는 둥 마는 둥 할 뿐이었어요.

그 와중에도 《당신은 더 빛날 수 있다!》는 순조로운 판매세를 이어 갔어요. 나카이 루민은 잡지와 인터뷰를 하거나 라디오에 출연하기도 했고요.

두 사람은 트위터에서 서로 팔로우 상태였기 때문에 나카이 루민의 그런 눈부신 활약상에 관한 뉴스는 어떻게든 사토미에게도 전해졌습니다. 기쁜 듯이 보고 있더군요. 하지만, 때때로 어두운 표정을 짓고 있을 때도 있었어요. 그럴 때는 저도 확인해 보는데요, 사토미의 트위터 글에 대한 비난으로밖에 볼 수 없는 가혹한 글을 올린 것이었어요. 이름을 밝힌 것이 아니니 따질 수도 없지만, 그건 누가 봐도 사토미에 대한 공격이었어요.

저는 팔로우를 취소하라고 말했지만, 사토미는 고집을 부리며 그러지 않더군요. 애초에 SNS는 무섭다면서 손도 대지 않았던 나카이 루민에게 트위터를 이용해 보라고 권한 사람이 사토미였어요. 사용법을 하나하나 친절하게 가르치면서요.

사토미에게 가장 상처가 되었던 건 나카이 루민이 시라카와 씨 등 다른 편집자들과 사적인 자리에서 즐겁게 보낸 시간에 관해 쓴 글을 올렸을 때였던 것 같습니다. 사진까지 첨부해서요. 바로 얼마 전까지 그 자리는 자신의 것이었으니 견디기 힘들었겠죠.

얼마 후, 나카이 루민이 블로그에 새 글을 올렸습니다. 제목은 〈일방적인 기대〉. 내용은 사토미에 관한 것이었습니다. 읽어 보면 압니다. 그 글이 결정타랄까요, 철저히 사토미를 밟아 뭉갰습니다. 그 후로 사토미는 위궤양을 앓기 시작했고 불면증이 생겨서 수면제를 먹어야 잘 수 있었어요. 그리고 반년 후에는 우울증 진단을 받았습니다. 사토미는 다시 일을 잃고 그 여자의 활약과 반비례하듯이 시들어 갔습니다.

정말 악마입니다, 나카이 루민은.

20
나카이 루민의 에세이
〈일방적인 기대〉

 타인의 심정을 혼자서 멋대로 상상하고 그에 휘둘려 실수한 적은 없을까?

 특히, 아주 소중한 사람에게.

 최근, 소중한 친구를 화나게 했다고 생각한 일이 있었다. 사람이 많이 모인 행사장에서 그녀를 발견하고는 손을 흔들며 다가갔는데 그녀가 나를 못 본 체하는 것이다.

 바로 며칠 전까지만 해도 친하게 지내던 친구였다. 그뿐만 아니라, 그녀와 협업한 적도 있다. 깜짝 놀라 나는 그 자리에 선 채로 몸이 굳어 버렸다.

한편 그녀는 즐거운 듯이 내가 모르는 사람들과 담소를 나누고 있었다. 그 옆모습이 명백하게 나를 거부하고 있었다. 화가 난 모습이었다.

무슨 일이지.

무슨 일이 있었던 거지.

머릿속에서 빙글빙글 여러 가지 생각이 맴돌았다. 누군가가 위를 꽉 움켜쥐는 듯한 통증을 느꼈다.

그녀는 어른이 된 후에 만난 둘도 없는 귀중한 친구였다. 그녀는 언제나 내가 쓴 글의 깊은 부분까지 꿰뚫어 읽어 주었고 적확한 감상과 조언을 해 주는 사람이다.

그녀는 어디서나 나의 팬이라고 말하지만, 단지 말뿐인 피상적인 관계가 아니다. 내가 책을 출간할 수 있었던 것은 그녀 덕분이기 때문이다.

마음에 짚이는 원인은 하나밖에 없었다.

얼마 전, 나는 그녀에게 내 보물을 맡겼다. 그것이 무엇인지는 구체적으로 쓰지 않겠다. 소중하고, 비밀스러운 것이었다. 나는 모쪼록 그녀가 특유의 통찰력으로 내 보물을 살펴봐 주길 바랐다. 그리고 그녀의 진실한 의견을 들려주길 간절히 바랐다.

그녀의 태도가 변한 것은 그 직후였다.

그녀에게 냉담한 메일이 한 통 왔다. 평소의 그녀답지 않은, 경의가 느껴지지 않는 글이었다.

어떤 상황에도 항상 나를 진지한 태도로 대해 주던 그녀가 하필이면 나에게 가장 소중한 것을 소홀히 여겼다는 것이 충격이었다. 그 메일을 몇 번이나 읽고 또 읽었다. 평소와 전혀 다른 딱딱하고 차가운 문체. 그 글에서는 그녀의 감정을 읽어 낼 수가 없었다.

그 메일은 화가 나서 쓴 것이다. 그녀의 옆얼굴을 보고 나는 깨달았다.

나는 그녀에게서 시선을 돌리며 생각했다. 대체 무엇이 그녀를 화나게 한 것일까?

다시 한번 그녀 쪽을 흘끗 보았는데 무슨 이야기를 하고 있는 것인지 그녀는 와인 잔을 든 채 입을 크게 벌리고 웃고 있었다. 나는 위에 구멍이 뚫릴 듯이 괴로운데. 울컥하고 분한 감정이 치밀었다.

결국, 그녀와는 한 번도 눈을 마주치지 않은 채 행사장을 빠져나왔다.

택시에 타자마자 왈칵 눈물이 솟아오르더니 멈추지 않았다. 친절한 기사님이 내 모습을 보고는 말을 걸어 주셨다.

 내가 자초지종을 간략하게 설명했더니, 기사님은 잠시 침묵한 후에 이렇게 말씀하셨다.

 "괜찮을 거예요, 진짜 친구라면 틀림없이 곧 화해할 수 있을 겁니다. 그런 게 친구 아니겠어요?"

 아무 근거도 없는 말이었지만, 왠지 조금 기운이 났다.

 "그렇겠죠?"

 이렇게 말하며 웃고 나니 겨우 눈물이 그쳤다.

 창문 밖으로 도쿄의 야경을 바라보며 기분이 진정되고 머릿속의 자욱한 구름이 걷히길 기다렸다.

 어쩌면 내가 그녀에게 맡긴 보물이 그녀에게는 너무 버거웠는지도 모른다. 그것에 관한 의견을 밝히는 것은 그녀의 감성이 시험대에 오르는 일이기 때문이다. 그러나 그렇기에 나는 서로를 가장 친한 친구라고 부를 만큼 가까워진 그녀에게 기탄없는 의견을 듣고 싶었던 것이다.

 솔직하게 취향에 맞지 않는다면 그렇게 말해 주면 되고, 아무 짝에 쓸모가 없다면 그렇게 말해 주면 되는 것이었다. 어떤 의견이라도 나는 받아들였을 텐데.

 아니면 그녀는 나를 그런 도량이 없는, 그릇이 작은 인간이라고 생각한 것일까? 그래서 그렇게 무미건조한 메일을 보낸 걸까?

  거기까지 생각하다가 나도 모르게 "앗." 하고 소리를 질렀다. 아무리 신랄한 비판이라도 받아들이겠다고 말은 그렇게 했지만, 그때 내가 갈구했던 것은 그녀의 자상한 격려였던 것이다.

  메일을 받았을 때도 그랬다. 답장을 기다리는 동안 어떤 칭찬의 말과 갈채를 보내 줄지 이런저런 기대를 하고 있었던 만큼 그녀의 반응이 그렇지 않았던 것에 혼자서 멋대로 상처받고 서운해했다.

  가방에서 스마트폰을 꺼내어 그녀에게 받은 마지막 메일을 다시 한번 찬찬히 읽어 보았다. '냉담하다', '경의를 느낄 수 없다', '무미건조하다' 이렇게 생각했던 글이 다른 색채를 띠며 눈에 들어왔다.

  잘 읽어 보니 그녀는 최선을 다해 나의 보물을 살펴봐 주었다는 걸 깨달았다. 하지만, 아무리 눈을 씻고 찾아봐도 칭찬거리가 없었던 것이다. 정직하고 입에 발린 말을 하지 못하는 그녀는 몹시 난처했음이 틀림없다. 그렇지만 내가 상처받지 않도록 조심스럽게 말을 골라서 의견을 적어 준 것이다.

  황급히 라인 메신저를 열고 그녀에게 메시지를 입력했다. 아까 무시당했던 것은 언급하지 않고, "진심이 담긴 의견을 보내 주어 고마워요."라는 말만 썼다.

보내기 버튼을 누르려는 순간, 메신저로 메시지가 한 건 도착했다. 바로 그녀였다.

"아까 행사장에서 봤는데 다른 지인과 이야기하는 중이어서 인사를 못 했네요, 미안해요. 나중에 인사하려고 했는데 그땐 이미 없더라고요. 일찍 귀가한 거예요?

한 가지 맘에 걸리는 일이 있는데 일전에 내가 보냈던 메일에 무언가 실례되는 말을 했나 싶어요. 만약 그렇다면 사과할게요."

메시지를 읽는 동안 꾹 참고 있던 눈물이 또다시 쏟아졌다.

아, 아, 역시 그랬구나. 나는 진짜 바보 같다. 그녀는 화가 난 게 아니었다. 화가 나기는커녕 그 메일 때문에 마음을 쓰며 나를 걱정해 주었다.

나를 좋아해 주는 사람에게 나는 그만 마음을 기대고 만다. 나도 모르게 기대한다. 상대방의 마음속을 멋대로 상상하여 내가 원하는 대로 이야기를 만들어 낸다. 그리고 그대로 되지 않으면 혼자 상처받는다.

안 돼, 이러면 안 돼.

나보다 몇 배는 더 인간으로서 성숙한 그녀는 그것까지도 짐작하고 배려해 준 것이다. 하마터면 나는 이런 친구를 비난할 뻔했다.

기사님, 하고 나는 앞 좌석의 기사님을 불렀다.

"기사님이 말씀하신 대로였어요. 지금 막 친구에게 따뜻한 메시지가 왔어요."

기사님은 기쁘다는 듯이 몸을 흔들며 웃으시더니 대시 보드에 놓여 있던 휴대용 티슈를 내 쪽으로 던져 주셨다.

눈물을 닦고 코를 푼 후, 나는 쓰다가 만 채팅 메시지 "고마워요." 뒤에 "다음에 언제 만날 수 있을까요?"라고 덧붙인 후, 보내기 버튼을 눌렀다.

21
시라카와 다카시의 첫 번째 이야기

아, 안녕하세요. 전화 주셨던 구라타 사토미 씨 지인분이시죠. 슈잔샤의 시라카와입니다.

사토미 씨 추도문집을 만드신다고요? 문집에 수록할 기고문을 나카이 루민 씨에게 의뢰하고 싶으시다는 말씀이시죠? 네, 물론 협조해 드려야죠.

그렇군요, 벌써 2주기군요. 세월이 참 빠르네요. 사토미 씨, 젊은 나이에 그렇게 가서 참 안됐어요. 꽤 오랜 기간, 요양했다더군요. 전혀 몰랐던 일이라 깜짝 놀랐습니다. 네, 장례식 때, 남편분께 들었습니다. 예전에도 한 번, 건강이 악화되어 요양했던 시기가 있었기 때문에 이번에도 그래서 일을 쉬고 있나 보다 정도로 생각했거든요.

 네? 저와 사토미 씨요? 아니요, 특별히 가깝다고 할 정도는 아니었습니다. 처음 알게 된 건 사토미 씨가 아직 출판사 가스가쇼보에 있었을 때니까…… 십여 년 전쯤 되겠네요. 편집자들은 회사가 달라도 여기저기서 얼굴을 마주치는 일이 많아서 저절로 인맥이 꽤 생기거든요.

 그렇습니다, 사토미 씨에게 나카이 루민 씨를 소개받았습니다. 오랜만에 본다 싶었는데 훌륭한 작가가 있으니 그녀의 책을 출간해 달라며 이런 종이 다발을 잔뜩 들고 왔어요. 나카이 씨 블로그 글들을 인쇄한 것이었는데 거참, 열변을 토하더군요.

 평소에는 그런 제안을 받는다고 해도 곧바로 살펴보는 일은 없는데요, 사토미 씨의 기세가 예사롭지 않아서 그 기세에 눌려서 그 자리에서 대충 읽어 봤거든요. 그런데 문장력도 뛰어나고 내용도 나쁘지 않더군요. 무엇보다 눈앞에 열렬한 팬이 있는 것을 보니, 작품 자체에 그 이상의 무언가가 있다는 것은 의심할 여지가 없었죠.

 첫 번째 팬이 붐을 일으키는 현상, 혹시 아십니까? 혼자서는 제아무리 사람들의 눈에 띄려 해도 아무 일도 일어나지 않지만, 그때 열렬한 팬 한 명이 나타나 주위 사람들을 끌어모으면 순식간에 팬이 불어나서 유행을 일으키는 거예요. 즉, 핵심은 첫 번째 팬이라는 거죠.

나카이 씨에게는 이미 그 첫 번째 팬이 있어서 주위 사람들을 끌어모으고 있었어요.

그때 나카이 씨가 대박을 터뜨리는 모습이 생생하게 눈앞에 그려지더군요. 요컨대 저는 나카이 루민의 '첫 번째 팬'에게 낚인 첫 번째 사람이었다는 겁니다. 즉, 그때 이미 《당신은 더 빛날 수 있다!》는 팡 하고 드높은 상공으로 쏘아 올려졌던 거죠.

네? 사토미 씨 남편분이 저를 유능한 편집자라고 말씀하셨습니까? 이거, 몸 둘 바를 모르겠군요. 판매 전략이 뛰어났다고요? 그야 뭐, 이런저런 아이디어를 시도해 보긴 했지만, 결국은 작품 자체가 가진 힘이죠. 그렇지 않으면 아무리 돈을 쏟아부어 프로모션을 해도 그 정도까지는 팔리지 않습니다. 어쨌든 그 당시, 나카이 씨는 아직 이름 없는 블로거였으니까요.

그녀가 쓴 작품의 힘은 목표 독자층인 중년층 이상 여성뿐만 아니라 젊은 세대에게도 어필함으로써 충분히 증명되었습니다. 게다가 인품도 더없이 훌륭합니다.

네? 사토미 씨와 나카이 씨의 사이가 어땠냐고요? 당연히 좋았지요. 사토미 씨의 친구분이시니 잘 아시잖아요? 사토미 씨는 나카이 씨에게 심취했던 팬이었고, 나카이 씨는 사토미 씨 덕분에 인기 잡지의 기획 기사를 거머쥐며 처음 일을 시작한 후, 저와 연결되어 단행본을 출간했으니 은인도 그런 은인이 없죠.

두 사람이 불화를 겪어요? 아니요, 금시초문입니다. 아니 그보다 두 사람이 함께 있는 자리에 동석한 것은 사토미 씨에게 나카이 씨를 소개받았을 때랑 나카이 씨의 첫 책이 출간되었을 때 열린 출판 기념 파티 때뿐이라서 잘은 모릅니다.

당사 문학상 파티 때요? 언제 일을 말씀하시는 거죠? 웨스틴 호텔에서요? 아, 그곳에서 했던 시기가 있었네요. 그 파티에서 무슨 문제라도 있었습니까? 그곳에서 두 사람이 다퉜다고요? 글쎄요, 모르겠는데요. 두 사람이 참석했는지조차도 기억이 나지 않습니다만. 참석했다고요? 흠, 그래도 전혀 기억에 없으니 어쩔 수가 없군요.

왜 그런 걸 물으시는 거죠? 아, 나카이 씨에게 기고를 부탁해도 괜찮을지 걱정되신다고요.

괜찮을 겁니다, 분명히 수락해 줄 거예요. 설령 그때 두 사람의 사이가 틀어졌다고 해도 사토미 씨가 세상을 떠난 지금, 그런 것을 신경 쓰지는 않겠죠. 사이가 좋을수록 싸운다고도 하잖습니까. 적어도 저는 나카이 씨가 사토미 씨를 나쁘게 말하는 것을 들어 본 적이 없습니다. 오히려 항상 고마워했어요.

맞다, 그러고 보니 나카이 씨, 사토미 씨의 장례식에도 왔었잖습니까? 너무 울어서 말도 못 걸었어요. 그 모습만 보더라도 두 사람이 불화를 겪었다는 생각은 들지 않는데요.

아, 그리고 첫 저서인 《당신은 더 빛날 수 있다!》는 물론이고, 두 번째 저서인 《마음을 뒤흔드는 언어의 마술》을 출간했을 때도 나카이 씨의 증정본 발송 목록에 구라타 사토미 씨 이름이 있었어요. 좋은 관계였음이 틀림없어요.

혹시 그런 거 아닌가요, 두 사람 사이를 시기한 누군가가 유언비어를 퍼뜨리고 다닌 것 아닙니까? 나카이 씨 팬들은 꽤 열광적이라서 그녀와 친밀했던 사토미 씨를 시기한 사람이 있었다고 해도 이상할 게 없거든요.

나카이 씨는 그런 타입이에요. 동성에게 인기가 많다고 할까요, 독자도 압도적으로 여성이 많습니다. 어릴 때부터 그랬다고 하더군요. "같은 반 여자아이들이 저를 차지하려고 싸워서 힘들었다."라고 말한 적이 있어요. 그런 타입의 인기 있는 애가 학년에 한 명씩은 있지 않았나요? 나카이 루민 씨가 바로 그런 아이였던 거죠.

그런 면에서 보면 사토미 씨는 좀 더 평범하다고 할까, 나카이 씨가 태양이라면 사토미 씨는 달 같은 느낌이었어요. 나카이 씨의 그림자처럼 눈에 띄지 않는 사람이긴 했습니다. 하지만 가장 가까이에서 항상 나카이 루미의 빛을 받는 사람이었으니 그런 의미에서 시기를 받았는지도 모르죠.

 사토미 씨를 시기했을 만한 사람으로 짚이는 사람이요? 음, 거기까지는 모르죠. 시기 질투라는 건 흔히 자기와 가까운 사람이나 비슷한 입장인 사람에게 느낀다고들 하지만, 사토미 씨는 프리랜서였고, 악착같이 일하는 타입도 아니었으니 역시 나카이 씨의 팬이 아닐까요? 어디까지나 상상이지만요.

 그건 그렇고, 추도문집 건 말인데요, 나카이 씨의 원고 관련해서는 저를 통해서 소통해 주시겠습니까? 나카이 씨는 아주 조심성이 많아서 모르는 사람과는 이야기 나누는 것을 꺼리거든요. 따로 소개하는 자리를 마련해도 괜찮습니다만, 최근 나카이 씨는 무척 바쁩니다. 이쪽에서 원고를 의뢰하는 이상, 따로 시간을 내 달라는 부탁까지는 하기가 어렵습니다. 괜찮겠습니까? 그럼, 그렇게 하는 것으로 하겠습니다.

 나카이 씨가 무엇에 조심성이 많냐고요? 글쎄요, 여러 가지, 모든 일에 조심스러운 편이죠. 편집부 앞으로 도착하는 팬레터나 메일도 저희가 먼저 열어 보고 확인하지 않으면 받지 않고,

내용에 조금이라도 비판적인 언급이 있으면 자기에게 전달하지 말라고 부탁하더군요. 섬세하거든요. 유리로 정교하게 세공한 심장이에요. 풍기는 분위기도 어딘가 아련하잖아요? 그런 부분도 그 사람의 매력이죠.

아, 맞다, 잘 알고 계시네요. 나카이 씨는 한번, 피해를 본 적이 있어요. 첫 저서의 출판 기념 파티에서 선물 더미 속에 협박장 같은 것이 섞여 있었던 거예요. 그러니 경계심을 품는 것도 이해가 되지요.

그때는 파티를 준비하고 개최했던 동료들이 한마음이 되어 그녀를 지켰어요. 프로 작가가 되기 전에 다녔던 글쓰기 교실 사람들이에요. 생각해 보니 그 그룹도 거의 여성들이었군요.

제가 사토미 씨를 만난 것은 그때가 마지막이었습니다. 네, 무척 기뻐 보였습니다. 불화라니 전혀요. 모인 사람 중에서 제일 들뜨고 즐거워 보였습니다. 저에게도 무척 고마워했어요.

어쨌든 나카이 루민 씨는 정말 친구 복이 많아요. 유유상종이라고 하잖아요, 선한 사람들을 끌어당기는 거죠.

22
유미의 두 번째 이야기

 있잖아, 그때 이후, 모리 아오이에 관해서 조사했지? 아무 연락도 주지 않으니까 궁금해서 내가 연락했어. 새로 알게 된 거 좀 있어?
 뭐, 진짜? 사요와 이야기했어? 그 애, 지금 외국에 있잖아? 무슨 얘기 했는데? 좀 알려 줘.
 ……응, ……응, ……역시. 나카이 루민의 블로그를 읽었으니 당연히 화가 났겠지. 진짜, 열받아. 인터넷은 전 세계 사람 누구나 읽을 수 있는 건데. 사요가 읽을지도 모른다는 걸 알면서 어떻게 그럴 수가 있지? 왠지 내가 다 무서워졌어.
 그 외에 또 뭔가 말했어? ……응, ……응. 휴…… 사요에게 그런 일이 있었구나. 너무 심하다. 얼마나 괴로웠을까? 타임머신이 있다면 지금 당장 중학교 시절로 날아가서 사요를 도와주고 싶어.

앗, 뭐라고? 그게 무슨 의미야? 괜찮으니까 똑바로 말해. 상관없다니까. ……뭐? 내가 아오이의 시녀였다고? 그렇게 말했어? 사요가? 잠깐만. 말도 안 돼. 충격. 어이없다, 대체 왜?

아니, 나도 아오이의 피해자였어. 너도 알잖아. 우리는 초등학교 시절에 항상 조마조마 가슴 졸이며 그 애의 눈치만 살피며 지냈잖아.

피구 할 때 공을 살살 던져서 잡게 해 주지 않으면 울고불고 야단이었고, 내 생일 파티인데도 주인공 자리를 아오이에게 내주지 않으면 토라져 버리고, 조금이라도 눈에 띄는 옷을 입고 가면 투명 인간 취급당하고, 아오이가 그러니까 반 아이들도 모두 투명 인간 취급을 해서 몇 날 며칠을 외톨이로 보낸 적도 있었어. 민들레 홀씨를 불어서 날렸을 뿐인데 귀에 들어갔다고 우는 바람에 수십 분 동안 바닥에 무릎을 꿇고 손이 발이 되도록 빌었던 적도 있어.

그런 내가 왜 아오이의 시녀라는 거야. 눈물이 다 나네.

물론 사요에 비하면 내가 당한 것쯤, 별거 아닐지도 모르지만, 그래도 왜 내가 아오이의 시녀라는 말을 들어야만 하는 거야? 말도 안 돼. 대체 왜? 이게 대체 뭐야? 머리가 돌 것 같아. 왜 또 이런 일로 비난받아야 해? 난 사요를 걱정했는데. 계속 마음에 맴돌아서 수십 년을 못 잊고 걱정했는데. 대체 내가 사요에게 무슨 짓을 했다는 거야?

아오이와 한통속이 되어서 사요를 괴롭혔다고? 내가 냄새난다고 말했다고? 그럴 리 없어. 네 생각에는 어떤데? 그런 거 본 적 없잖아?

저기, 사요 메일 주소 좀 알려 줘 봐. 내가 직접 설명하려고. 뭐? 함부로 가르쳐 줄 수 없어? 왜? 너는 누구 편인데? 그러면 네가 사요에게 전해 줘. 나는 절대로 사요를 괴롭히지 않았다고. 나도 아오이의 피해자라고.

못 한다고? 왜? 사요에게 또다시 상처를 주게 될 거라고? 그게 무슨 말이야? 그럼 나는 어떻게 되는 건데? 이대로 평생, 사요에게 오해받은 채 끔찍한 가해자로 기억될 거 아니야? 그런 건 도저히 견딜 수 없어.

이래서 질색이야. 아오이와 엮이면, 반드시 이런 꼴을 당해. 수십 년간 만난 적도 없는데 지금도 이런 꼴을 당한다니까. 대체 왜?

아, 미안. 너는 아오이도 사요도 아닌데. 하지만, 화가 가라앉지 않네.

정말, 정말, 아오이는 무서워. 얼굴 보고 사는 것도 아닌데 이렇게 나를 괴롭히다니. 어떻게 이런 일이 있을 수 있는 거지? 그 애는 인간이 아닌 것 같아. 악마인가, 아오이는?

앗, 아오이를 악마라고 부른 사람이 나까지 세 명이라고? 무슨 의미야? 나 외에도 아오이에게 봉변당한 사람이 있다는 거야? ……어머, 진짜? 글쓰기 교실 동료였던 사람에, 데뷔 기회를 만들어 주었던 편집자에, 온라인 살롱 회원까지…… 정말 놀랍네. 틀림없이 찾아보면 더 있을 거야.

그건 그렇고 너는 이런 거 조사해서 어쩔 셈이야? 아무것도 안 한다고? 그럼 뭐 하러 조사하는 거야? 몰라? 그럴 리 없겠지. 아오이에게 뭔가 값을 치르게 하려는 거 아니야? 나는 그랬으면 좋겠어.

하다못해 그 애가 대체 왜 이렇게 다른 사람을 괴롭히는 건지 이유라도 알려 주었으면 해. 그거라도 알면 조금은 속이 후련할 것 같아. 수십 년이나 나를 옭아매던 그 애에게서 조금은 벗어날 수 있을 것 같아.

응, 맞아. 텔레비전에서 아오이를 봤기 때문에 기억난 게 아니야. 중학교를 졸업하면서 헤어진 후에도 단 한 번도 그 애를 잊은 적이 없어. 우연히 문득문득 그 애가 떠올랐어. 그러면 가슴이 꽉 막힌 듯 괴로워서 머리를 쥐어뜯으며 악 소리를 지르고 싶어져서 견딜 수 없어.

 넌 안 그래? 왜일까? 나랑 똑같이 초등학교 때부터 아오이와 함께였는데. 나랑 너, 뭐가 다른 걸까?

 그 애를 처음 만났을 때? 기억하지. 초등학교 3학년 때 처음 같은 반이 되었어. 아오이는 얼굴이 예뻤기 때문에 모두에게 인기가 엄청 많았어. 성격도 쾌활하고 같이 있으면 즐겁고 게다가 얼굴도 예쁘니까 모두가 푹 빠져 버렸지.

 나는 아오이와 친해지고 싶었고 같은 그룹에 들어가고 싶었어. 그래서 자주 말도 걸고 눈빛도 마주치곤 했지.

 그러다가 서로의 집에 가서 놀 만큼 친해졌어. 그런데 그 애와 가까워질수록 왠지 숨이 막히더라. 어렸을 때라서 그게 무슨 감정인지는 잘 몰랐지. 숨 막히는 감정보다 아오이의 그룹에 들어간 기쁨이 더 컸기 때문에 생각하려고 하지 않았던 것 같기도 하고.

 맞다, 얼마 전에 남편, 친구 부부와 이야기를 하다가 기억난 일이 있어. 여행 이야기를 하고 있었는데, 남편이 이렇게 말하는 거야.

"유미는 온천만 갈 수 있으면 만사 오케이겠지만, 나는 외딴섬에서의 다이빙이나 트레킹 같은 것에도 관심이 있거든."

나는 온천만 갈 수 있으면 충분하다는 식으로 말한 적이 단 한 번도 없어. 남편은 자기 의견이 더 의미가 있다고 어필하려고 나를 비하하면서 그렇게 말한 거야.

"내 의견은 내가 말할 테니 멋대로 단정 짓지 마."

발끈해서 이렇게 쏘아붙이면서 문득 생각난 거야. 이거, 아오이에게 자주 당했던 일이라는걸.

"유미는 좋아하지 않겠지만.", "유미는 싫어하겠지만." 이런 말로 말머리를 꺼내면서 자기가 나의 좋고 싫음을 일방적으로 정하고 이야기를 이끌어 가 버리는 거야. "아니야, 그렇지 않아."라고 반박할 틈도 없이, 내 목구멍 속에 뭔가 묵직한 덩어리가 걸린 채로 어어어, 하는 동안 이야기가 흘러가 버리는 거야. 어어어, 어어어.

마음속에서는 "난 그런 말 한 적 없어."라고 외치고 있는데 입에서 나오는 말은 "으응."이었어. 목구멍이 꽉 막혀서 그 말밖에는 안 나오더라고.

그런 일이 몇 번, 몇십 번 반복되는 동안, 점점 왠지 내가 나답지 않은 느낌이 들었어.

 그 감정은 무엇이었을까? 누가 칼을 들이민 것도 아니고, 밧줄로 꽁꽁 묶은 것도 아닌데 괜히 혼자 숨이 막 죄어 오는 그 느낌, 왜 그랬을까?

 마음을 조종당해? 사요가 그렇게 말했어? 아오이가 사람의 마음을 조종한다고? 나도 당한 건가? 조종당했던 건가? 지금까지 죽? 수십 년이나?

 뭐 이제 됐어. 이런 거 그만두고 싶어. 원통해. 아오이가 증오스러워. 그런 애는 지금 당장 죽어 버리면 좋겠어. 무시무시한 괴로움에 시달리며 몸부림치다가 고통스럽게 죽어 버리면 좋겠어.

23
오이시 기라리의 두 번째 이야기

 또 연락을 주셔서 깜짝 놀랐어요. 뭔가 알아내셨나요? 뭐라고요, 저 외에도 나카이 루민의 피해자가 있었다고요? 거봐요, 역시. 제가 그럴 거라고 했잖아요.

 자, 말씀해 보세요. 그것 때문에 연락 주신 거 아니에요? 뭐라고요? 그전에 표절 사건에 관해 묻고 싶으시다고요? 아, 그 이야기는 아직 안 했죠. 좋아요. 그쪽이 먼저 말씀해 주시면 저도 말씀드리죠. 살롱과 트러블을 겪은 가장 큰 원인은 그거였거든요.

 당신에게 이야기를 해 주었다는 살롱 탈퇴 회원은 뭐라고 하던가요? "나카이 루민이 내 작품을 훔쳤다."라면서 제가 난리를

쳤다고요? 기가 막혀서.

 잘 들어 보세요, 먼저 "내 작품을 훔쳤다."라고 말한 건 나카이 루민이에요. 말문이 딱 막히죠? 그럴 거예요, 무슨 말인지 이해가 안 되실 거예요. 순서대로 설명해 드리죠.

 지난번에 당신과 만난 후, 나카이 루민과의 사건을 찬찬히 곱씹어 봤거든요. 애초에 왜 나카이 루민은 나에게 그런 짓을 했던 걸까, 거기서부터요.

 그때는 진짜로 이유를 몰랐어요. 저는 나카이 루민에게 저의 전문 분야에 관한 질문을 받고 제 나름대로 최선을 다해 대답했을 뿐이에요. 그런데 그 사람은 영문도 모르게 기분이 상해서 저에게 직접 말하지도 않고, 블로그에 '우위를 과시하는 사람 때문에 상처받았다'라고 글을 써서 저를 비난했어요. 누가 봐도 저를 겨냥해서 쓴 글이에요.

 제가 살롱을 그만둘 때까지 괴로웠던 건 이유도 모르는 채 '가해자' 취급을 당했던 거예요. 아무것도 잘못한 게 없는데 비난을 받고 억지로 사과를 해야 했어요. 상처를 받은 건 오히려 저예요. 그게 너무 괴로워서 견딜 수가 없었어요.

 그런 일이 있었는데도 제가 살롱에 계속 남아 있었던 이유가 뭔지 아세요? 그건 나카이 루민이 아주 간혹 보여 주는 상냥함이 저의 고통을 치유해 주었기 때문이에요. 저에게 정식으로 사과하지는 않았지만, 이 상냥함이 그 사람 나름의 사과가 아닐까? 그렇게 생각하면 위로가 되더라고요.

하지만 물론 실제로 사과를 받은 적은 없었기 때문에 마음 한 구석은 어딘가 찜찜했어요. 그래서 더 애타게 그 사람의 상냥함을 갈구했던 것 같아요. 그렇게 그 사람 눈치를 살피며 미적미적 살롱에 머물러 있었던 거예요. 아주 사소한 태도에서라도 그 사람에게 사과의 의향이 있다는 것을 찾아내고 싶었던 것 같아요. 아 정말, 비참하다.

그건 그렇고 제가 '오이시 기라리'라는 이름으로 블로그와 트위터를 시작한 건 온라인 살롱에 가입했을 즈음이었어요. 부끄러워서 아무에게도 밝히지 않고 조용히 글을 올렸어요. 그런데 그 블로그에 《당신은 더 빛날 수 있다!》에 관한 장문의 서평을 쓴 적이 있어요. 그 글이 나카이 루민 본인 눈에 띄었던 거예요. 그 사람 자기는 겁쟁이라서 절대로 자기 이름으로 검색 같은 거 하지 않는다고 공공연히 말하지만, 실은 눈에 불을 켜고 하고 있답니다.

제가 입이 마르도록 칭찬한 글을 읽고 어지간히 기뻤던 거겠죠. 나카이 루민은 그 글을 자기 SNS에서 소개했어요. "심오한 부분까지 꿰뚫어 본, 아주 훌륭한 리뷰예요. 하나의 작품이라고 해도 과언이 아니에요."라는 찬사까지 덧붙여서요. 저는 너무 기뻐서 어쩔 줄을 몰랐어요.

그로부터 얼마 후, 살롱의 온라인 미팅에서 잡담을 나누다가 그 블로그 이야기가 나왔어요. 나카이 루민이 SNS에 올려 버리는 바람에 다른 회원들도 읽었거든요. 나카이 루민도 그 자리에 있었어요.

저는 계속 모른 척 입을 닫고 있을 수가 없어서 실은 오이시기라리가 저라고 밝혔어요. 모두 깜짝 놀라고 그때부터 신이 나서 야단법석을 떨며 이것저것 저에게 물어봤어요. 글을 잘 썼다고 칭찬해 준 사람도 있었고요.

지금 와서 생각해 보면 그때 나카이 루민의 반응이 묘했어요. 그때까지 그렇게 기뻐하더니 정작 그때는 저에게 고맙다는 말도 하지 않고 모니터 화면에 비치는 얼굴이, 뭐랄까, 가면처럼 표정이 없었어요. 정말 노(能)●에 나오는 가면 같았다니까요. 아예, 감정이 없었어요.

곧 한 사람이 뭔가 이상하다는 걸 눈치채고 "루민 씨, 왜 그러

● 일본의 전통 가면 악극

세요?" 하고 말을 걸었어요. "루민 씨, 화면이 정지되어 버린 거 아니에요?"라고 말하는 사람도 있었어요. 그렇게 생각할 정도로 그 사람은 꼼짝도 하지 않았어요. 하지만, 자세히 보니 그건 아니었어요. 모두 웅성거리기 시작했어요.

분위기가 심상치 않다고 생각한 순간, 나카이 루민이 갑자기 화면에서 사라졌어요. 모두 수군수군하며 기다리고 있었는데 잠시 후 화면에 나타났어요. 아무 일도 없었다는 듯이, 평소의 표정으로 돌아왔어요. 그 모습에 모두를 감싸던 긴장감은 사라졌어요.

방금 그건 무엇이었을까? 마음에 걸렸지만, 왁자지껄하게 이야기가 이어졌기 때문에 기분 탓인가 하고 깊이 생각하지 않고 지나쳤어요.

이것도 지금이니까 드는 생각이지만, 그 일은 일종의 경고 메시지였다고 할까, 나카이 루민의 악마성이 나타났던 것 같아요. 생각해 보니 그 직후였어요. 나카이 루민이 다음번 살롱 주제에 관해 상의하고 싶다고 에비스로 저를 불러낸 거 말이에요.

아, 맞아요, 표절 이야기를 하고 있었죠.

나카이 루민이 사실을 왜곡한 블로그 글을 올린 후에도 미련을 떨치지 못하고 그 사람에게 붙어 있던 저는 완전히 마음이 조종당했던 것 같아요. 어떤 식으로 그랬냐고요? 그 사람이 불편하지 않도록, 그 사람의 기분을 거스르지 않으려고 전전긍긍했죠.

그러던 어느 날, 느닷없이 나카이 루민에게 메일이 왔어요.

"저는 지금 무척 난감해요. 당신이 저의 팬이라는 것은 익히 알고 있지만, 팬이라고 해서 제가 쓴 글을 훔쳐도 된다는 건 아니에요. 지금까지 너그럽게 봐 왔지만, 가만히 있었더니 멈추지 않기에 큰 결심을 하고 연락합니다."

그런 내용이었어요. 이번에도 영문을 알 수가 없었어요. 혼란스러운 기분으로 곧바로 답장을 보냈어요.

"루민 씨, 메일 고맙습니다. 저는 트위터나 블로그에 그날그날 느낀 점을 어설프나마 글로 남기고 있습니다. 제 글에 루민 씨를 불쾌하게 만든 부분이 있다면 죄송합니다. 곧바로 수정할 테니 알려 주시겠어요?"

저는 그 무엇도 '훔친' 적이 없으므로 그 단어는 사용하지 않았어요. 그랬더니.

"답장 고마워요. 심각하게 생각하게 해서 저야말로 진심으로 미안해요. 이렇게 사과합니다. 하지만 최근, 살롱 동료이기도 한 당신이 제가 한 이야기나 트위터에 올린 글을 표절하는 것은 악의가 없다고 해도, 역시 저에게는 유쾌한 일이 아닙니다. 어떻게든 조치를 취해야겠다는 생각을 했어요. 너무나 똑같은 내용이어서 제 낯이 뜨거워 트위터 글을 삭제한 적도 있습니다."

 이런 답장이 온 거예요. 무슨 말인지 도무지 알 수가 없었어요. 앞부분의 과장스러운 사과도 뜬금없을뿐더러 표절이라 하지도 않은 일에 대해 비난하는 것이 어이가 없어서 머리를 감싸 안았죠.

 아, 확실히 밝혀 두는데요, 저는 나카이 루민의 사과를 간절히 원하긴 했지만, 그런 영문도 모를 사과 따위 필요 없어요. 나카이 루민은 가끔 이런 식으로 어처구니없는 사과를 할 때가 있어요. 이해가 가세요? 정말로 사과해야 할 때는 시치미를 뚝 떼면서 아무래도 상관없는 일에는 사과하는 거예요. 그런 것도 저를 짜증 나게 해요.

 제가 표절했다는 건 물론 거짓말이에요. 저는 살롱에도 빠짐없이 참가했고, 그 사람의 블로그와 SNS 팔로우 상태를 유지하긴 했어요. 하지만, '우위를 과시하는 사람 때문에 상처받았다'라고 블로그에서 공격당한 사건 이후, 그 사람에 대한 불신이 쌓이고 있었는데 표절 같은 걸 할 리가 있겠어요?

 그래도 혹여 겹치는 내용이 있었을까 싶어서 나카이 루민의 트위터 타임라인을 거슬러 올라가며 하나하나 읽어 보았어요. 군데군데, '어? 이게 뭐지.' 싶은 말들이 있는 거예요. 아닌 게 아니라, 이전에 제가 썼던 글 중에 비슷한 주장이나 표현이 있었을지도 모른다는 생각이 들더라고요.

그래서 제 트위터와 블로그도 다시 다 읽어 보았어요. 그랬더니, 이게 웬일이에요, 표절한 건 제가 아니라 나카이 루민이었던 거예요. 제가 블로그에 썼던 글 일부의 문체와 어조를 교묘하게 바꿔서 트위터에 썼더라고요. 블로그랑 트위터에 게시일이 나오니까 한눈에 보이잖아요.

화가 치밀어서 메일에 곧바로 답장을 보내려고 했는데 나카이 루민의 메일에 '트위터 글을 삭제한 적도 있습니다.'라고 쓰여 있는 걸 보고 경악했어요. 저보다 먼저 썼는데 삭제했다고 반박해 오면 제가 할 말이 없으니까요.

정말로 제가 훔쳤다고 주장한다면 원 게시물을 삭제하는 게 이상한 거 아닌가요? 하지만, 본인이 그렇다고 주장하니까 저는 아무 말도 할 수 없는 거죠.

저는 고심 끝에 살롱 운영 스태프에게 상의했어요. 사건의 전말을 전부 이야기했죠. 그 스태프는 나카이 루민이 데뷔 전에 다녔던 글쓰기 교실 때부터 함께한 사람이니까 틀림없이 이 소름 끼치는 악마의 정체를 조금은 알고 있을 거라고 생각했기 때문이었어요.

하지만 그건 크나큰 오산이었어요. 이야기는 즉시 나카이 루민에게 전해졌고, 그때까지와는 차원이 다른 괴롭힘을 당했어요. 공공연하게 욕설을 들은 건 아니었어요. 그런 게 아니라 아주 천천히 목을 죄어 오는 듯이 저를 괴롭히는 정신적인 학대였어요.

한 가지, 예를 들어 볼까요. 제가 나카이 루민의 비열한 소행에 관해 호소했을 때 이런 말을 들었어요.

"자기가 떳떳하지 못하니까 그런 이야기를 하는 법이죠."

모두 보는 앞에서 이런 말을 하는 거예요. 저는 떳떳하지 못한 건 추호도 없는데 말이에요.

하지만, 그 한마디로 제 말은 전부 거짓말이 되어 버렸어요. 지금 생각해도 속이 부글부글 끓고 욕지기가 올라와요.

그 후에는 뭐, 눈 깜짝할 새에 악당 탄생이었죠.

"저 여자가 루민 씨 작품을 훔쳐서 블로그에 썼대."

"자기가 베껴 놓고서 루민 씨에게 '당신이 내 작품을 훔쳤다'라며 따졌다잖아."

"추방 선고를 당하고도 아직도 살롱에 버티고 앉아서 루민 씨를 스토킹하다니."

그런 말까지 들었어요.

제 편은 아무도 없는 상황에서 저는 너무 괴로운 나머지, 제 심정을 블로그에 털어놨어요. 실명을 언급하며 나카이 루민과 그 온라인 살롱을 비난했어요.

그러자 즉시 살롱의 운영진에게서 법적인 조치를 취하겠다는 통보가 왔어요. 명예훼손인지 뭔지 그런 거였어요. 저는 그걸로 입막음을 당했죠. 사실만을 쓴 거지만, 제가 유리하다는 생각은 들지 않았거든요. 그런 식으로 저는 저 자신을 믿는 힘조차 그 악마에게 빼앗겨 버렸어요.

지난번에 당신과 만난 후, 이렇게 된 일련의 흐름을 하나하나 곱씹으며 왜 내가 이런 꼴을 당한 건지, 뭐가 잘못되었던 건지, 끊임없이 자문했어요.

한 가지 확실한 것은 살롱의 온라인 미팅에서 오이시 기라리가 저라는 것을 고백한 것이 발단이었다는 거예요.

그리고 저, 알아 버렸어요. 어쩌면 나카이 루민이 그 시점에 이미, 제 블로그에서 표절을 일삼고 있었을지도 모른다는 걸요. 그걸 감추기 위해 그런 식으로 저를 괴롭혀서 내쫓으려 한 게 아닐까 싶어요.

무슨 말이냐고요? 그 사람, 그런 짓을 여태까지 수도 없이 해 왔을 거예요. 베스트셀러 작가인지 뭔지는 모르지만, 마구잡이로 남의 글을 표절하며 글을 써 온 것 아닐까요? 글재주가 있는 게 아니라 남의 것을 자기 것으로 가공하는 재능이 있는 거예요. 저처럼 아무것도 아니고, 자기를 위협할 만한 존재도 아닌 일개 팬을 끽소리도 못할 만큼 짓밟아 버린 것은 제가 그 사실을 알아차릴까 봐 그랬던 거 아닐까요?

혹시, 자기애성 성격장애라는 병 알아요? 당신 때문에 나카이 루민과의 진흙탕 싸움을 회상하며 그때의 괴로움이 다시 도졌을 때 우연히 본 영화가 있는데요. 인간의 감정을 가지지 않은 사이코패스가 나오는 영화였어요. 주인공은 잔인한 살인마였는데 그 사이코패스의 성격 특징이 묘사된 장면에서 '앗, 이거 나카이 루민하고 똑같잖아.'라고 생각했어요. 그래서 사이코패스에 관해 검색해 보니 자기애성 성격장애라는 병명이 나오더라고요. 그 특징을 살펴보니 나카이 루민 자체인 거예요.

저만 그런 고민에 시달리는 건 아니었어요. 좀 더 일찍 알았으면 좋았을 텐데. 이런 병이 있다는 걸 알고 나니까 마음이 조금은 편해졌어요. 그렇다고 나카이 루민을 용서할 마음은 추호도 없지만요.

한번 검색해 보세요. 정보가 쏟아져 나올 거예요.

24
차코의 유튜브 채널
〈자기애성 성격장애 편〉

오늘도 연애 이야기! 차코 인사드려요.

평소에는 연애 이야기를 전해 드리는 채널이지만, 오늘은 타이틀에 소개한 대로 '자기애성 성격장애'에 관해 이야기해 보려고 합니다.

최근, 이 성격장애에 관한 다양한 정보가 인터넷에 올라와 있어서 이미 알고 계신 분도 많으시리라 생각해요.

하지만, 오늘 방송에서 차코가 특별히 이 주제를 다루는 이유는 이 '자기애성 성격장애'가 실은 연애와도 아주 깊은 관련이 있기 때문이에요.

특히 '자기애성 성격장애'는 여러분이 잘 아시는 '정서적 학대'와 아주 밀접한 관계가 있답니다. 정확히 말하면, 정서적 학대 가해자 대부분이 '자기애성 성격장애' 환자●라고 합니다.

다들 궁금하시죠?

파트너의 정서적 학대로 고민하는 분들뿐만 아니라, 직장 내 괴롭힘에 시달리는 분들, 주위에 가스라이팅 기질이 있는 사람 때문에 괴로운 분들은 꼭 보셔야 해요!

후반부에서 극복 사례도 소개해 드릴 테니 꼭 끝까지 지켜봐 주시고 '구독'과 '좋아요' 부탁드려요!

*

그럼 본격적으로 '자기애성 성격장애' 이야기를 해 볼 텐데요, 실은 저 차코의 예전 친구 중에 틀림없이 '자기애성 성격장애' 환자라고 확신이 드는 사람이 있어요. 그 사람 때문에 적잖은 피해도 입었고요. 그래서 '자기애성 성격장애'에 관해서 예전부터 틈틈이 조사해 왔어요.

● 보통 나르시시스트로 알려져 있다.

더 일찍 영상에서 다루지 않았던 이유는 아무래도 여러 측면에서 민감한 분야이다 보니 조사하면 조사할수록 신중하게 다루어야겠다는 차코 나름의 배려랄까, 생각이 있었기 때문이에요.

제가 문외한이지만 제 나름대로 이 정도면 조사는 충분히 했다는 생각이 들어서 마침내 구독자 여러분과 공유해야겠다는 결심이 섰어요. 차코는 전문가가 아니기 때문에 다양한 책과 인터넷 사이트를 참고했습니다.

우선 '자기애성 성격장애'가 무엇인지 설명드릴게요.

'자기애성 성격장애'는 정신장애의 하나예요. 정신장애라는 말을 들으면, 움찔하고 뒷걸음질 치는 분도 계실 텐데, 여러분도 익히 알고 계신 우울증이나 조현병, PTSD, 마약이나 알코올의존증도 정신장애랍니다. 또, 이건 차코도 깜짝 놀랐는데요, 공황장애도 정신장애에 포함된다고 하더라고요.

그래서 공황장애가 있는 저 차코도 알고 보니 정신장애인이었습니다!

이렇게 정신장애는 폭넓은 개념이랍니다.

그리고 그중에 '성격장애'라는 게 있는 거예요. 예전에는

'인격 장애'라고도 불렀다고 하는데 '인격에 장애가 있다'라고 말하면 뭐랄까, 어감이 좀 그렇잖아요. 그래서 성격장애로 바뀌었다고 합니다.

퍼스낼리티(personality)에는 인격 외에 성격이라는 의미도 있잖아요? 그렇게 생각하면 이해가 쉬울 거예요.

성격. 즉, 사물의 인식, 사고방식, 행동 등의 패턴이라고 생각하시면 돼요. 그 패턴은 사람마다 다르고 그것을 '개성'이라고 하죠.

성격장애라는 건 이 패턴 부분에 문제가 있는 병이에요. 예를 들어, 사랑하는 사람이 생기면 항상 질투를 하는 것. 이 패턴은 개성의 범주에 속하죠. 그런데 사랑하는 사람이 생기면 항상 주먹을 휘두르고, 감시하거나 감금하는 등의 패턴은 비정상이잖아요.

이처럼 허용 범위를 넘어선, 현저하게 치우친 패턴이 장기간 지속되어 대인 관계와 사회생활에 지장을 불러일으킨다면 병이 되는 거예요.

자, 이 '성격장애'는 크게 세 유형으로 분류할 수 있어요. 이 부분을 자세히 다루면 너무 길어지니까 간략하게만 언급하고 넘어갈게요.

기묘하고 특이한 특징을 가진 'A 그룹'.

감정적이고 과장스러운 특징을 가진 'B 그룹'.

불안과 공포를 품고 있는 것이 특징인 'C 그룹'.

'자기애성 성격장애'는 이 중에서 두 번째 B 그룹에 포함됩니다.

B 그룹에는 그 외에도 반사회성 성격장애, 경계성 성격장애, 연극성 성격장애 등이 있어요.

참고로 '반사회성 성격장애'란 이른바 사이코패스를 말해요. 살짝 무서워지네요. '자기애성 성격장애'가 사이코패스와 같은 카테고리에 속하다니요.

아, 지금 "맞아." 하고 피해를 본 적이 있는 분들의 목소리가 귓가에 들리는 것 같네요.

*

그럼 여기서 갑작스럽긴 하지만, '자기애성 성격장애' 진단 테스트를 해 볼까요? 지금부터 말씀드리는 9개의 항목 중 5개 이상 해당하면 '자기애성 성격장애' 환자로 진단할 수 있다고 합니다.

메모지 준비하셨나요? 자 그럼, 시작하겠습니다!

① 자신이 대단하고 중요한 사람이라고 생각한다.
② 자신이 엄청난 업적, 영향력, 권력, 지능, 미모, 완벽한 연애를 손에 넣을 수 있다는 환상을 가지고 있다.
③ 자신은 특별한 존재이므로 가장 뛰어난 사람들과만 교제해야 한다고 믿는다.
④ 항상 타인에게 칭찬받기를 원한다.
⑤ 모든 것이 자신의 공적이라고 생각한다.
⑥ 인간관계 속에서 타인을 이용하려는 생각뿐이다.
⑦ 타인에게 공감할 줄 모른다.
⑧ 늘 타인을 질투한다. 또 타인이 자기를 질투한다고 철석같이 믿는다.
⑨ 거만하고 거들먹거린다.

자, 점점 감이 오기 시작하죠?
 이번에는 차코가 경험한 구체적인 사례를 소개할게요. 이쪽이 아마 더 피부에 와닿을 거예요.

- 남을 '무시'한다.
- 기분 좋지 않은 내색을 하여 주위 사람이 자기 눈치를 살피게 한다.
- 타인이 주인공이 되면 심사가 뒤틀린다.
- 특별 대우를 요구한다.
- '감사'를 요구한다.
- 사과하지 않는다.
- 잘못을 지적받으면 '당신이 오해한 것뿐'이라며 상대방 탓으로 돌린다.
- 자기의 잘못을 타인에게 떠넘기며 비판한다.
- 자신에 대한 비판과 반론은 즉시 '공격'으로 받아들이고 전투태세를 취한다.
- 이길 때까지 싸운다.
- 제 뜻대로 되지 않으면 상대방을 비난하고 죄책감을 심어 준다.
- 비정상적으로 완고하다.

하나하나 꼽자면 끝이 없으니 이 정도까지 할게요.
이 정신장애와 깊은 관련이 있는 것이 '자존감'이에요. '자기애성 성격장애' 환자들은 원래 매우 자존감이 낮을 뿐만 아니라 상처를 잘 받아요. 앞서 소개해 드린 문제 행동들은 이 사람들이 자존감에 상처 입지 않기 위한 자기방어로서 무의식적으로 취하는 행동인 거예요.

그리고 이제부터 조금 복잡해지는데요, 이 사람들이 철벽 방어한 자존감은 점점 비대해집니다.

자존감에 상처를 잘 받는다는 것은 있는 그대로의 자신을 좋아할 수 없고, 자신감도 없다는 의미예요. 하지만 그 이면에 비대해진 자존감은 근거 없는 자신감을 낳아요. "나는 특별하다."라는 특권 의식은 거기에서 오는 거예요.

예를 들어, 일반적으로 내가 좋아하는 아이돌이나 연예인을 다른 누군가가 좋아하지 않는다 한들, 무슨 문제가 있겠어요? 호불호는 사람마다 다르잖아요. 그런데 이 '자기애성 성격장애' 환자들은 자기가 애착을 가지고 있는 대상을 부정당하는 것만으로도 자존감이 손상돼요. 그리고 동시에 특별한 존재인 자기가 좋아하는 대상을 부정한 상대방을 용서할 수 없는 적으로 여기고 분노가 폭발합니다.

여기까지 이해되세요? 모두들 잘 따라오고 있나요?

또 '자기애성 성격장애' 환자들은 자신이 원하지 않는 접근을 모두 '공격'으로 인식해요. 이것도 상처받지 않기 위한 방어겠죠. 어쨌든 자기에게 불쾌한 것은 무엇이든 '공격'으로 여깁니다. 그때마다 이 사람들은 '피해자'가 돼요. 그래서 실제로는 아무 일도 일어나지 않았음에도 불구하고 아무 죄도 없는 누군가가 '가해자'가 되는 겁니다.

'자기애성 성격장애' 환자 때문에 피해를 입은 사람은 대부분 '가해자'로 낙인찍힌 것 때문에 괴로워하지요. 저도 그랬어요.

사실은 이쪽이 너덜너덜 만신창이가 되었는데 왠지 모를 죄책감에 시달리며 끊임없이 사과하게 돼요.

정말 얼마나 힘든지 이루 말할 수가 없어요. 그러다 병에 걸리는 사람도 있다는 것도 익히 알고 있는 사실이고요.

그리고 칭찬을 요구하거나 기분 나쁜 내색을 하여 상대방이 자신의 눈치를 살피게 만들기도 해요. 또 자신을 정당화하기 위해 눈 하나 깜짝하지 않고 타인에게 상처를 주거나 기억까지 조작합니다. 이런 건 전부 '자기애성 성격장애' 환자들이 자신의 자존감을 지키려고 그러는 거예요. 그렇게 해서 갓난아기를 어르듯이 자존감을 달래는 거죠.

즉, '자기애성 성격장애' 환자들은 자기 힘으로는 자존감을 지키지 못해요. 타인에게 칭찬과 배려를 받고, 타인의 떠받듦을 받으며, 타인을 제 맘대로 조종하고 복종시키는 등 타인을 이용하지 않으면 자신을 지탱할 수가 없는 거예요.

그래서, 칭찬을 받으려고 안간힘을 쓰고 배려를 받기 위해 약자 행세를 하기도 합니다. 떠받듦을 받고 싶어서 외모를 단장하고 눈물과 분노를 이용해서 타인을 조종하고 비난을 일삼음으로써 타인이 사과하게 하고 복종시키죠. 그것이 이들의 일상이에요.

아까 살짝 언급했지만, 기억의 조작, 이것도 악질적인 거랍니다. 저 차코가 실제로 경험한 사례를 소개할게요.

'자기애성 성격장애' 환자인 친구의 목표물이 되어 괴로워하다가 그 친구와 거리를 두려고 했던 때가 있었어요. 동료들 몇 명과 함께 식사할 기회가 있었는데요, 거기서 그 친구가 갑자기 저를 보며 이렇게 말하는 거예요.

"차코, 나에게 이렇게 순진하고 섬세한 사람은 없다고 했지? 언제까지나 지켜 주겠다고 했잖아. 나 정말 기뻤어. 고마워."

그러고는 엉엉 울기 시작하는 거예요. 동료들도 웬일인지 감동해서 덩달아 눈물을 흘리는 사람도 있었어요.

무서운 건 저는 그런 말을 한 기억이 전혀 없다는 거예요.

하지만, 감동적인 분위기 속에서 눈물을 흘리며 고맙다고 말하는 사람에게 "난 그런 말을 한 적이 없어."라고는 도저히 말할 수 없었어요. 저를 헐뜯는 거라면 몰라도 고맙다고 하는 거잖아요. 동료들도 감동한 듯한 눈빛으로 저를 바라보고 있고요.

그러는 사이 차코는 "어? 그런 일, 있었던 것 같기도……." 점점 그런 기분이 들어서 아무 말도 할 수가 없더라고요. 감쪽같이 조종당했던 거예요.

차코는 목표물이 되기 쉬운 타입인 것 같아요. '자기애성 성격장애'가 있는 사람의 특징 중 하나가 '공감 능력 결여'인데, 이런 사람들은 자기와 반대로, 즉 '공감 능력 과잉'인 사람의 마음을 파고들고 이용합니다. 상대가 하나를 말하면 열을 이해하려는 면이 해를 가져오는 거죠. 조심하세요.

그리고 차코의 경우는 친구였기 때문에 신속하게 벗어날 수 있었지만, 만약 연인이나 파트너였다면, 그 괴로움은 몇 배나 커질 겁니다. 상상이 가시죠?

연애의 마법이 걸린 상태라는 건 '호의·애정'이라는 굵은 쇠사슬에 칭칭 묶여 있다는 것이 전제되죠.

이 쇠사슬에 서로 묶여 있는 상황에서는 시야가 좁아질 수밖에 없기 때문에 부당하게 상처를 입거나 마음을 조종당해도 상대방보다 자신을 탓하게 마련이에요.

이미 여러 번 말씀드렸지만, '자기애성 성격장애' 환자에게 걸리면 아무것도 잘못한 게 없어도 죄책감에 사로잡히게 돼요. 연애 상대방에게 그런 일을 당한다면 어떻게 될까요?

그러므로 연인이 '자기애성 성격장애' 환자일 경우, 우선은 연애 감정을 식히는 것 외에는 다른 방법이 없는데 이게 쉽게 될 리가 없죠. 주위에서 아무리 말리고 물리적으로 떼어 놓아도 사랑의 마법이 지배하는 동안은 어쩔 도리가 없어요. 전 세계 사람들이 "그 자식, 위험해."라고 충고한다고 해도 피해자는 연인을 감싸며 "내가 잘못한 거야."라고 말할걸요.

친구 중에 그런 사람이 있다면 인내심을 가지고 그 사람에게 일어나고 있는 일들이 그 사람 책임이 아니라는 사실을 말해 주세요. 언젠가 사랑의 마법이 풀리면 연인의 정서적 학대였다는 것을 틀림없이 깨닫게 될 거예요.

자, 그리고 그 사실을 깨달았다면 도망가세요.

다시 한번 말씀드립니다. 한시라도 빨리 도망가세요.

그 병은 낫지 않습니다. 곁에 머무는 한, 그 사람의 자존감을 달래기 위해 이용당하고 마음이 너덜너덜해질 뿐입니다. "언젠가 변할 거야." 그런 날은 오지 않습니다.

 심리 치료 등으로 치료할 수 있다고 하는 책도 있어요. 하지만, 차코가 알아본 바로는 심리 치료를 받고 '자기애성 성격장애'가 나았다는 사례는 하나도 없었어요. 당연합니다, 이 사람들은 자기가 그런 병이라는 사실을 절대 인정하지 않으니까요.

 '자기애성 성격장애' 환자에게 "당신은 '자기애성 성격장애'니까 병원에 가세요."라고 절대로 말해서는 안 된다는 것을 명심하세요. 문제만 악화시킬 뿐, 아무것도 해결되지 않아요.

 이 사람들은 목에 칼이 들어와도 자기의 잘못을 인정하지 않아요. 그런 짓을 하면, 자존감이 상처를 입기 때문이에요. 그리고 그것은 '패배'를 의미하거든요.

 이 사람들의 가치관은 승리 아니면 패배입니다. 0 아니면 100이에요. 그리고 자기는 항상 승자여야만 해요. 그렇지 않으면 자기 자신을 사랑할 수가 없거든요.

 그래서 아무리 신뢰 관계에 있는 사람이라고 해도 심리 치료를 받아 보면 어떻겠냐는 조언은 당연히 받아들이지 않습니다. 오히려 그런 말을 하는 상대에게 분노를 느끼며 당신 때문에 상처받았다면서 상대방이 사과할 때까지 집요하게 비난할 거예요. 기어코 상대에게 사과를 받아 내고, "아, 사과를 받았다. 역시 당신이 잘못한 거다. 나는 틀리지 않았다. 나는 이겼다." 하며 마음이 평온해져야 비로소 끝납니다.

그러므로 이런 사람들은 거리를 두는 것이 상책입니다.

이렇게 말하긴 쉽지만, 상대방이 가족인 경우, 쉽지 않죠. 어떻게 하면 좋을까요?

안타깝게도 차코는 답을 가지고 있지 않습니다.

단 한 가지, 희망을 발견할 수 있는 사례를 알고 있어요. 그것이 바로 제가 오늘 이 주제를 선정한 이유예요. 마지막으로 그 이야기를 하고자 합니다.

*

지금까지 '자기애성 성격장애'에 관해 이런저런 이야기를 했는데요, 아까 처음에 소개한 진단 테스트 기억하세요? 해보신 분, 결과는 어떠셨나요?

사실은요, 저 차코, 9개 항목 중에서 무려 5개 이상 해당하더라고요!

그렇긴 한데 현재의 저는 아니고요. 과거의 저예요. 아직 이 병에 관해 전혀 몰랐던 아주 예전의 차코예요.

젊었을 때 저는 제가 특별하다고 생각했고 특히 어렸을 때는 제가 세상에서 제일 예쁘고 똑똑하고 매력적인 사람이라고 생각했어요. 지금 생각하면 웃기지만, 진짜 그렇게 생각했답니다.

조금 전에도 말씀드린 것처럼 저는 다른 사람에게 다소 과도하게 공감하는 편이라서 '자기애성 성격장애' 환자의 목표물이 되기 쉽지만, 한편으로는 저 자신도 자기애 성향이 강했던 거예요.

그래서 그 사람들이 자기 자존감을 지키기 위해 하는 난감한 행동들, 아까 낱낱이 소개했는데 저는 그 이유가 어렴풋이 이해가 되더라고요. 이전의 제가 그랬으니까요.

그럼 저는 어떻게 변할 수 있었을까요?

미리 답부터 말씀드리면, 그건 바로 '연애' 랍니다!

자, 마침내 평소의 차코 채널로 돌아온 것 같지요? 연애 이야기, 이제 시작합니다.

이십 대 즈음, 당시 사귀던 연인과 데이트 중에 아주 불쾌한 경험을 한 적이 있어요. 영화관에서 영화를 보고 있는데 남자친구가 잠이 든 거예요. 차코는 부끄러워서 팔꿈치로 쿡쿡 찔러서 깨웠어요. 그런데 그다음에도 남자 친구는 몇 번이나 꾸뻑꾸뻑하며 졸았고 저는 그때마다 쿡쿡 찔러 깨웠어요.

영화관을 나온 후에 "아 진짜, 창피해 죽겠어."라고 투덜거렸더니 남자 친구가 이렇게 말하는 거예요.

"내가 야간 근무 때문에 거의 잠을 못 잔 거 알고 있잖아? 그러면 좀 자게 놔두지 그랬어?"

저는 그때 깜짝 놀랐어요. 그런 반응은 꿈에도 생각지 못했거든요. 저는 창피를 당했다고 생각했기 때문에 당연히 남자 친구가 사과할 줄 알았어요.

차코는 그 말을 듣고서야 비로소 곁에서 잠든 남자 친구에게 상냥하게 어깨를 빌려주는 제 모습을 머릿속으로 상상해 보았어요. 그리고 바로 조금 전, 씩씩거리며 눈을 치켜뜨고 남자 친구를 깨우던 제 모습을 떠올리며 그게 정상적이지 않다는 것을 깨달았어요.

그때 이후 차코, 제가 느낀 불쾌한 감정을 한 발자국 물러서서 관찰하는 버릇이 생겼어요.

이게 첫걸음이었어요.

몇 년 후, 차코는 다른 남성과 사귀었어요. 어느 날 어떤 이유로 말다툼을 하다가 제가 고래고래 소리를 질렀더니 남자 친구는 조용히 이렇게 말했어요.

"너는 다른 사람이 잘못을 지적하거나 너의 의견에 반대되는 의견을 말하면, 늘 발끈하고 화를 내는구나. 그럴 때 말버릇은 항상 '그게 아니라'야. 그게 아니라, 라고 하면서 변명을 마구 늘어놓고 다른 사람 말은 듣지도 않아. 남의 의견을 받아들이지도 않고 자기 잘못을 인정하지도 않고 사과도 하지 않지. 너에게는 장점이 정말 많고 난 네가 좋은데, 그런 부분이 무척 아깝다는 생각이 들어. 자신을 더욱 좋은 방향으로 성장시킬 수 있는 모처럼의 기회를 눈앞에서 놓치는 거잖아. 큰 손해를 보는 거라고."

'그게 아니라'라는 말이 입에서 나올 뻔했지만, 입을 꾹 다물었어요. 둥, 하고 머릿속에서 종이 울렸어요. 정말 저는 항상 그랬거든요.

말을 삼키면서 또 상상해 보았죠. 다른 사람의 의견을 겸허히 받아들이는 제 모습, 잘못을 인정하고 반성하고 사과하는 모습을요. 그리고 실은 그런 사람이 되고 싶은 것이 제 진짜 소원이라는 것을 명확하게 인식했어요.

차코는 그때, 앞으로는 다른 사람이 무언가 의견을 제시할 때 절대로 '그게 아니라'로 반응하지 않겠다는 다짐을 했어요.

이것이 두 번째 걸음이었답니다.

물론, 곧바로 척척 할 수 있었던 건 아니에요. 하지만, 수차례 참고 반복하는 동안, 점점 그렇게 할 수 있게 되었어요. 자연스럽게 사과할 수 있게 되었답니다.

그렇게 되니까 비로소 마음이 무척 홀가분해졌어요. 그동안 너무도 힘든 삶을 살아왔구나, 하는 것을 깨달았어요. 잔뜩 껴입고 있던 무거운 갑옷을 벗은 듯한 기분이었어요. 대신에 어떤 옷에도 맞출 수 있는 가볍고 부드러운 숄을 한 장 살랑살랑 걸친 듯한, 그런 느낌이었어요.

제가 한 것은 '내가 느낀 불쾌한 감정을 한 발자국 물러서서 관찰한 것', '타인에게 잘못을 지적당해도 변명하지 않는 것' 이 두 가지뿐이에요.

어떻게 이 두 가지만으로 그 어려운 병을 극복할 수 있었을까요?

이건 차코가 문외한이지만, 제 나름대로 생각해 본 건데요, 메타 인지적 관점으로 자신과 주위 사람들을 관찰했던 것이 효과가 있었던 것 같아요.

'자기애성 성격장애' 환자는 아주 완고하다는 이미지가 있는데요. 이 사람들은 시선이 언제나 자기에게로 향해 있고 외부로

향하는 시선은 오직 '경계' 뿐이에요. 항상 '나는, 내가, 나에게' 이렇게 자기에게 고착되어 있어요.

메타 인지적 관점을 가지면 세상 속의 나를 인식할 수 있게 돼요. 또 하나의 내가 나를 사랑스러운 눈길로 바라보고 소중히 여길 수 있어요. 사람들을 바라볼 때도 내 편인지, 적인지가 아니라 따뜻한 피가 흐르는, 복잡한 감정을 가진 인간으로서 존중하는 마음을 가지게 돼요. 그것이 차코의 자존감을 건전하게 지키는 데 도움이 된 게 아닐까 생각해요.

어떠신가요, 전문가 여러분. 그게 아니라고 생각하신다면 기탄없이 신랄한 댓글 부탁합니다.

조금 전에도 말씀드렸지만, 차코는 어릴 때부터 저 자신을 '특별한 사람'이라고 생각했고 틀림없이 특별한 인생을 살게 될 거라고 믿었어요. 아무 근거도 없는 생각이었죠. 학교에 가면 저보다 예쁜 애, 머리 좋은 애, 인기 많은 애도 수없이 많은데 왠지 자신만만하게 그렇게 생각했어요. 제가 생각해도 신기해요.

스스로가 특별하다고 생각하니까 그렇게 대우받지 않으면 괴로웠어요. 1등이 아니면 견딜 수가 없었죠. 패배를 인정하지 못하고 비난도 받아들일 수 없었어요. 저의 그런 성격이 주위 사람들을 얼마나 괴롭히는지 꿈에도 상상하지 못했어요. 그리고 제일 괴로운 사람은 다름 아닌 저였어요.

지금 생각해도 가슴이 답답해지네요.

차코가 그 수렁에서 빠져나올 수 있었던 것은 연인의 말에 귀를 기울였기 때문이에요. 그때까지 타인의 충고를 순순히 받아들일 수 없었는데 그렇게 할 수 있게 된 것은 연애의 힘, 사랑의 마법이라고밖에는 표현할 방법이 없네요.

사랑이란 정말 대단하지요.

물론 차코는 완벽한 사람이 아닙니다. 여전히 사소한 일로 기분이 상하기도 하고 다른 사람에게 상처를 줄 때도 있습니다. 그래도 계속 쉬지 않고 노력하겠습니다. 따뜻한 눈길로 지켜봐 주세요.

*

자, 오늘은 이것으로 마치겠습니다.

'자기애성 성격장애'와 '정서적 학대'에 관해 차코는 앞으로도 계속 연구해 볼 생각입니다. 의견이나 경험담이 있으신 분들은 댓글 남겨 주세요.

그럼 다음 영상에서 또 만나요!

25

구라타 사토미 씨 추도문집을 위한
나카이 루민의 기고문
〈구라타 사토미 씨의 사랑〉

안녕하세요, 저는 구라타 사토미라고 합니다. 프리랜서로 편집 일을 하고 있습니다.

다름이 아니라, 나카이 씨께 원고를 의뢰하고자 연락을 드리고 싶었으나, 이 블로그 댓글창 외에 연락 방법을 찾을 수가 없어서 이쪽으로 연락드립니다.

저는 언제나 나카이 씨의 블로그를 즐겁게 또 두근거리는 마음으로 읽고 있습니다. 소소한 일상 속에서 나카이 씨가 발견해 내는 이야기는 언젠가부터 저의 이야기처럼 마음에 스며들어 소중한 보물이 되었습니다.

'나카이 씨의 말 한 마디 한 마디에 사랑이 담겨 있다.' 저는 그렇게 생각합니다. 그 사랑을 지면을 통해 전해 주셨으면 하는 기획이 있습니다.

제 개인 홈페이지에 메일 양식이 있습니다. 아래 주소를 붙여 놓겠습니다.

혹 관심이 있으시다면 대단히 번거로우시겠지만, 그쪽으로 연락을 부탁드립니다. 의뢰에 관한 상세 내용을 곧바로 보내 드리겠습니다.

구라타 올림

 이것이 제가 사토미 씨께 받은 첫 연락이었습니다. 이 댓글을 읽었을 때의 심정을 지금도 선명하게 기억합니다.

 읽어 내려가며 '누가 장난치는 건가?'라고 생각했으나 곧 그렇지 않다는 것을 알았습니다. 사토미 씨의 글과 언어야말로 사랑으로 가득했기 때문입니다.

 저는 곧 사토미 씨께 연락하였고 우리는 만나기로 했습니다.

 만나기로 한 곳에 나타난 사토미 씨를 보았을 때의 설렘을 잊을 수 없습니다. 뛰어난 옷맵시, 온화한 태도, 아름다운 말씨, 그리고 무엇보다 저에게 보여 주신 애정. 그 모든 것이 그 자리에서 반짝반짝 빛났습니다.

이렇게 쓰면 오해를 불러일으킬지도 모르지만, 저는 그때 정말 사토미 씨의 사랑을 느꼈습니다.

오랫동안 기록해 온 일개 아마추어의 블로그를 사토미 씨는 전부 읽어 주었습니다. 그뿐만이 아닙니다. 몇 번이나 반복해서 읽어 주었던 것입니다. 그 사실은 둘이서 다섯 시간 가까이 이야기를 나누는 동안, 또렷하게 전해졌습니다.

그렇습니다, 장장 다섯 시간!

우리는 처음 만난 사이라고는 생각할 수 없을 정도로 마음을 터놓고 이야기했고 나중에 보니 같은 가게에서 다섯 시간이나 이야기를 나눴던 것입니다.

어떻게 그럴 수 있었을까요?

저는 사토미 씨의 사랑을 듬뿍 받았고 저 역시 사랑으로 보답했습니다. 이 사람에게 도움이 되고 싶다! 이런 일념을 가지고 저의 온 존재로 응답했습니다.

지금 눈을 감으면 떠오르는 것은 사토미 씨, 당신의 진지한 눈빛입니다.

프리랜서 편집자라는 치열한 업계에 있으면서도 당신은 언제나 올곧게, 그 눈빛으로 여성들을 바라보며 의미 있는 메시지를 전하고 싶다고 말씀하셨죠.

당신의 뜨거운 염원에 응답하고자, 저는 난생처음 직업으로 글을 쓰는 일에 도전했습니다. 그렇습니다, 그것은 도전이었습니다.

당신에게도 역시, 아마추어 중의 아마추어였던 저에게 일을 맡기는 것은 크나큰 도전이었을 겁니다. 용기가 필요한 일이었을 거예요.

그런데 당신은 저를 믿어 주었습니다. 또 저도 당신을 믿었고요.

제 기사가 게재된 잡지가 발행된 날, 기억하세요?

출판사에서 보내 주신 견본을 미리 받았지만, 우리는 그것을 보지 않고 굳이 발행일에 함께 서점에 사러 가자고 약속했었죠.

신주쿠 기노쿠니야 서점 본점. 1층 에스컬레이터 옆에 서서 당신을 기다리던 그 시간, 사람들로 북적대고 시끄러워서 평소였다면 머리가 지끈지끈 아팠을 그 거리의 풍경이 그날만은 반짝반짝 빛났습니다.

둘이서 점포 안으로 들어가서 잡지 〈Shirley〉를 손에 들고 기사가 실린 페이지를 발견했을 때 저도 모르게 환호성을 지르고 말았죠!

다른 손님들이 의아한 표정으로 우리를 쳐다보는 바람에 웃음을 참느라 혼났죠.

그리고 둘이서 골든 거리로 걸어가 당신이 아는 가게에서 밤늦도록 이야기를 나눴어요.

당신은 그때, 제 블로그 글을 모아서 책으로 만들고 싶다는 말을 했어요. 그리고 그것도 눈 깜짝할 새에 현실이 되었습니다. 마치 마법 같았어요.

생각해 보면 저는 지금도 여전히 그때 당신이 제게 걸었던 마법에 걸린 채 글을 쓰고 있는 듯한 기분이 듭니다.

그런 우리였지만, 당신이 떠나기 전, 우리 관계가 삐걱거렸지요.

그때 저는 당신이 저를 향한 열정을 잃어버린 것은 아닐까 의심했어요. 정말 어리석었죠.

발단은 당신에게 제가 쓴 형편없는 소설 원고를 보냈던 것이었어요.

저는 줄곧 에세이를 써 왔기 때문에 다른 길도 모색해 보고 싶은 마음이 들었어요. 욕심이 나더군요. 하지만 어떻게 해야 할지 몰라서 당신에게 기대 왔던 저는 망설임 없이 또 당신을 의지했던 거예요.

당신의 평가는 혹독했습니다.

프로 편집자로서 당연한 반응이었는지도 몰라요. 그러나 당신에게는 '사랑' 밖에 없다고 철석같이 믿었던 저에게 그것은 뼈아픈 채찍질로 다가왔습니다.

조금의 과장도 없이 저는 깊이 절망했고 당신을 몹시 원망했습니다. 그만큼 당신은 저에게 크나큰 존재였거든요. 그만큼 당신의 '사랑'은 저에게 절대적인 힘을 가지고 있었어요.

그 사랑을 잃었다고 생각했어요. 이제부터는 당신의 사랑 없이 저 혼자서 헤쳐 나가야 한다고 생각했습니다.

대체 얼마나 숱한 밤을 침대 속에서 몸부림치며 괴로워했던 걸까요. 몸부림치며 저는 당신의 다정한 위로의 한마디를 간절히 기다렸습니다.

그러나 그런 일은 일어나지 않았습니다. 저는 전혀 모르고 있었지만, 당신은 병으로 쓰러졌던 거예요.

제가 그 사실을 알게 된 것은 당신이 병상에 누운 지 몇 달이나 지난 후였어요.

바로 며칠 전까지 "쌍둥이 같다."라는 말을 들을 정도로 사이가 좋았고 당신과 언제나 함께였던 저인데 당신이 최악의 상황에 처해 있다는 사실을 아무도 저에게 알려 주지 않았습니다.

당장이라도 병문안을 가고 싶은 심정을 억누르고 저는 그 의미를 생각해 보았습니다. 당신이 저에게 병을 숨긴 이유를요.

병으로 약해진 모습을 나에게 보이고 싶지 않았다.
진정으로 마음 깊이 나를 향한 애정이 식어 버렸다.
신랄한 평가를 한 것이 후회스럽고 부끄러워서 나에게 얼굴을 들

수가 없었다.

 진심을 전하고 싶어도 그럴 수 없을 만큼 병이 위중했다.

 대체, 진실은 무엇이었을까요? 이제는 대답해 줄 사람이 없군요.

 결국, 저는 병문안을 가지 않았습니다.
 심사숙고한 결과 그렇게 한 것인데 당신은 저를 매정한 사람이라고 생각했을까요?
 저는 "병문안을 가고 안 가고에 따라 무너져 버릴 우리 사이가 아니다!"라는 확신에 도달했기 때문이에요.
 복잡한 심경으로 미워하기도 하고 원망하기도 한 당신이지만, 저는 단 한 번도 당신을 잊은 적이 없었어요. 당신에게 버림받았다는 사실을 안 후에도 당신은 언제나 제 맘속에 있었습니다. 당신의 '사랑'은 제가 글을 쓰는 원동력이 되었답니다.
 거기까지 생각이 이르자, 눈앞에 자욱했던 안개가 화창하게 걷혔어요. 온갖 상념으로 탁하게 흐려 있던 마음속에 상쾌한 바람이 불어왔어요.
 그때부터 저는 매일 당신의 쾌유를 기원하며 열심히 일에 매진했어요. 덕분에 두 번째 책도 낼 수 있었답니다.

슬슬 마지막 이야기를 해야겠네요. 추도문집에 수록할 기고문인데 왠지 이걸 끝으로 당신과 작별을 하는 듯한 쓸쓸한 기분이 듭니다.

그날 아침은, 전날 밤늦게까지 글을 집필했음에도 불구하고 일찍 새벽녘에 잠이 깼습니다.

다시 자려고 했지만, 왠지 정신이 또렷해져서 잠이 들 것 같지 않더군요.

잠들기를 포기하고 훌훌 털고 침대에서 내려왔습니다. 슬리퍼를 신고, 아침 햇살이 쏟아지는 창가로 가서 커튼을 확 걷고 창문을 활짝 열었습니다. 방충망도 열었고요.

동쪽을 보니 빌딩 사이로 태양이 얼굴을 내미는 순간이었어요. 분홍빛이 도는 오렌지색 햇살이 후광처럼 퍼지며 세상을 비추고 있었습니다.

아침 햇살의 온기를 머금은 부드러운 바람이 살랑살랑 제 볼을 어루만졌습니다.

그때, 제 귓가에 들려왔어요. 그리운 당신의 웃음소리가. 기노쿠니야 서점에서 서로의 어깨를 두드리며 함께 깔깔대던 그 웃음소리. 처음 만난 날, 이야기하다 보니 어느덧 다섯 시간이나 지났다는 것을 깨닫고 얼굴을 마주 보며 웃었을 때의 그 웃음소리. 제 책이 출판

되었을 때 너무 기뻐서 견딜 수가 없다며 눈물을 흘리며 웃던 당신의 그 웃음소리.

   그날, 저는 당신이 세상을 떠났다는 사실을 알게 되었습니다.

   저는 지금도 그 웃음소리가 어디선가 들리는 듯하여 창가에 서곤 합니다. 하지만, 그날 이후, 그런 일은 일어나지 않았습니다.
   틀림없이 그때, 당신은 저에게 작별 인사를 하러 와 준 것이군요.
   잘 있어요. 그리고 고마웠어요.
   당신의 웃음소리에서 그런 말이 들려온 듯한 기분이 들어요.
   그리고 저도 떠오르는 아침 해를 바라보며 당신에게 진심을 담은 감사를 보냈던 거예요.

   사토미 씨, 당신의 사랑은 지금도 제 마음속에서 살아 있습니다. 정말 고마웠습니다. 고이 잠드시길.

26
구라타 도모아키의 두 번째 이야기

나카이 루민이 쓴 추도문 읽었습니다.

이런 일을 벌이다니, 역시 당신도 그 악마랑 무슨 일이 있었던 거죠? 그 악마에게 복수하려고 추도문집 같은 걸 날조한 거죠?

대체 무슨 일을 꾸미고 있는 겁니까? 말해 줘도 상관없잖아요? 저는 당신이랑 같은 편이에요. 그 여자에게 한 방 먹이고 싶단 말입니다. 같이 합시다. 우리가 하지 않으면 또 사토미 같은 피해자가 나올 겁니다. 지금 이 순간에도 괴로움에 시달리고 있는 사람이 있을 거라고요.

저는 당신이 보내 준 나카이 루민의 글을 읽으며 사토미가 왜 그렇게 괴로워했는지 다시금 뼈저리게 느꼈어요. 뻔뻔하기도 하지. 어떻게 그런 글을 쓸 수 있는지. 용서할 수 없어요.

나카이와의 관계 때문에 한참 고민하던 즈음, 사토미가 이런 말을 한 적이 있어요.

"루민 씨에게 나는 독인 것 같아."

무슨 의미인지 물었더니 이렇게 말하더군요.

"나하고 엮이면 루민 씨는 반드시 크게 상처받는 일이 생겨. 나는 그럴 의도가 전혀 아닌데 생각지도 못한 일로 루민 씨에게 깊은 상처를 주게 돼."

예를 들어 어떤 일이냐고 물어도 그저 고개만 가로저을 뿐 말을 안 하더라고요. 그리고 이런 말을 하더군요.

"나는, 정상적인 사람이 아니야. 배려심도, 존경심도, 감사하는 마음도 부족하니까……. 루민 씨가 그랬어. 나의 그런 부분이 다른 사람에게 큰 상처를 준다고. 대다수의 정상적인 성인이라면 응당 갖추고 있어야 할 것을 나는 가지고 있지 않다고. 그런 비상식적인 사람은 루민 씨 주위에는 나밖에 없대."

그렇게 말하며 기가 푹 죽어 있었어요.

그즈음에는 여자들은 '베프'니 뭐니 하면서 어떻게 그런 심한 말을 하는 걸까, 하고 생각만 했었는데 지금은 똑똑히 알 수 있습니다. '배려심이 부족하다', '존경심이 부족하다', '감사하는 마음이 부족하다'라는 건, 그러니까 '사과해라', '칭찬해라', '감사해라'라는 거잖아요? 타인의 감정을 요구하는 거죠. 말하자면, '감정 공갈범'이죠. 그렇게 다른 사람을 협박하지 않으면 아무것도 없는 속 빈 강정이에요, 그 악마는. 제힘으로는 채울 수 없으니 사토미를 이용했던 거예요. 그런 터무니없는 요구에 응할 의무 따위 없었는데.

"너의 텅 빈 마음은 너 스스로 채워!"

사토미는 그렇게 말하고 뿌리쳐야 했어요.

하지만 그 당시, 저는 "전혀 그렇지 않아. 사토미는 지극히 상식적인 사람이야."라고밖에 말해 주지 못했어요. 그러자 사토미는 "그러니까 독이라는 거야. 도모아키나 다른 사람에게는 해를 끼치지 않을지 모르지만, 루민 씨는 달라. 그 섬세한 사람에게는 내가 독약인 거야." 그렇게 말하며 자책하고 괴로워했어요.

저는 점점 쇠약해져 가는 사토미가 너무 걱정되어서 나카이와 거리를 두라고 몇 번을 말했는지 모릅니다. 하지만, 소용없더군요.

"자기는 루민 씨를 모르니까 그렇게 심한 말을 하는 거야. 루민 씨는 올바른 사람이야. 나는 내가 옳다고 생각하는 사람과 친구로 지내고 싶을 뿐이고. 왜냐하면, 그러면 나 자신이 더 좋은 사람이 될 수 있잖아?"

그렇게 대답하더라고요. 본인이 그렇게 말한다면 어쩔 수 없다고 생각했죠. 아내의 교우 관계에 남편이 나서서 참견하는 것도 좋지 않다는 생각이 들어서 더 이상 뭐라고 말할 수는 없었어요. 뼈저리게 후회합니다.

사토미는 그런 꼴을 당하면서도 죽을 때까지 나카이 루민을 동경하는 마음을 버리지 못했어요. 분명히 마음 한구석에서는 원망했을 거예요. 그러나 벗어날 수는 없었죠. 사토미는 나카이의 질책을 '애정'으로 받아들였어요.

"루민 씨는 나를 위해서 말해 주는 거야. 항상 타인의 생각을 진지하게 마주하는 루민 씨니까 친구의 결점을 알아채는 거야. 그리고 친구를 소중히 여기기 때문에 쓴소리도 하는 거고. 얼마나 고마운 일이야."

"당신을 위해서."라는 말이 그 악마의 입버릇이었어요.

그 인간이 상처받았다고 할 때마다 사토미는 몇 번이고 사과하고 그 후에 고마워했어요. 나 원, 어이가 없어서. 하지만 그렇게 하지 않으면 자기 맘속에서 납득할 수가 없었을 겁니다. 그리고 그것이야말로 사토미가 괴로웠던 이유였어요. 사랑하는 친구가 자기를 위해 해 주는 것에 감사하면서도 고통을 느끼는 자신을 탓했던 거예요, 사토미는.

진즉에 제가 눈치채지 못했던 것이 두고두고 원통합니다.

알려 주신 유튜브 채널 봤습니다. 그거, 정말 나카이잖아요. 좀 더 일찍 알았어야 했어요. 그런 병이 있다는 걸 알고 있었다면 사토미는 얼마나 마음이 편했을까? 눈을 가린 비늘이 떨어지고 그 여자에게서 벗어날 수 있었을 텐데 정말 분합니다.

이런저런 책도 읽어 보았어요. 그 당시에는 잘 몰랐던 것들이 빛에 드러나듯이 보이기 시작했습니다.

예를 들면, 저 병에 걸린 환자들이 자주 사용한다는 '가스라이팅'을 아십니까? 잘못된 정보를 줌으로써 목표 대상을 정신적으로 몰아붙이는 거예요. 미국의 오래된 영화의 제목이라고 해요. 제가 본 적은 없지만, 가스등의 빛을 사용해서 남편이 아내를 정신병으로 몰아간다는 이야기라고 합니다.

희생물이 된 사람은 사실이 아닌 정보를 '사실'로 전해 듣고, 사실을 '거짓'으로 전해 들음으로써 자신의 인식을 믿을 수 없게 되고 불안에 빠져 정신이 이상해지고 마는 거죠.

불안은 사람을 취약하게 합니다. 무언가에 매달리고 싶어지므로 통제당하기 쉬운 상태가 되죠.

지금 와서 생각해 보면 처음에 그 악마가 사토미를 모른 척했던 것이 사토미를 불안에 빠뜨렸던 거예요. 그 후에도 그 악마는 사토미가 기억하지도 못하는 일로 사토미를 질책하거나 매정한 태도로 대해서 사토미를 점점 불안으로 몰아넣었어요. 그 여자는 그렇게 사토미를 취약하게 만들어 지배했던 거예요.

그 악마는 숨 쉬듯이 그런 일을 할 수 있는 인간이에요.

당신이 저와 손을 잡지 않는다면, 할 수 없죠, 혼자서 할 수밖에. 뭘 할 거냐고요? 당연히 복수죠. 모든 것을 까발리고 고발할 거예요.

27
나카이 루민 앞으로 보낸 나의 편지

나카이 루민 씨께

마나입니다. 일전에 구라타 사토미 씨 추도문집을 위한 기고문을 보내 주셔서 감사합니다.

완성된 추도문집을 보내 드리기로 약속드렸습니다만, 실은 문집은 제작하지 않았습니다. 아무에게도 방해받지 않고 당신에게 편지를 전달하기 위해 거짓말을 했습니다. 당신이, 모르는 사람에서 온 메일이나 편지를 제삼자에게 먼저 확인하도록 하고, 내용에 따라서 그 단계에서 파기시킨다는 사실을 알게 되었기 때문입니다.

이 편지의 내용을 읽지 않고 당신에게 전해 주었을 시라카와 씨는 아무것도 모릅니다. 제가 사토미 씨 친구라고 한 거짓말을 그대로 믿고 친절을 베풀어 당신에게 연결해 주셨을 뿐이니 부디 시라카와 씨를 책망하지 마세요.

저는 사토미 씨를 직접 만나 본 적은 없습니다. 사토미 씨에 관한 것은 온라인 살롱의 도모토 씨에게 듣고 알게 되었습니다. 도모토 씨에 대해서는 오카다 글쓰기 교실에서 들었고요. 오카다 글쓰기 교실은 사생활에 관한 것은 거의 모두 숨겼던 당신이 잡지에서 공개한 몇 안 되는 개인정보였습니다. 하지만, 저는 훨씬 더 오래전부터 당신을 알고 있었습니다.

제가 누군지 아시겠습니까? 모리 아오이 씨.

저의 결혼 전 성이 시모다라고 하면 기억이 나시나요? 마나는 한자로 真那라고 쓰는데 기억납니까? 초등학교와 중학교 동창이었는데 알겠습니까? 저는 눈에 띄지 않는 아이였으므로 기억하지 못할지도 모르겠네요. 직접 만났다면 저를 알아봤을까요? 아니면 어렸을 때 자주 그랬듯이, 또 저를 모른 척했을까요?

저보다 먼저 나카이 루미을 발견한 사람은 제 언니였어요. 미용실에서 우연히 펼친 잡지 〈Shirley〉에 당신이 게재한 글을 발견하고는 저에게 알려 주었어요.

"이름은 바뀌었지만, 틀림없이 이 사람이야."

그 여자 얼굴을 보고 싶었던 저는 전화를 끊고서 곧바로 서점으로 달려가 잡지를 확인했습니다.

얼마나 놀랐는지…… 거기 있었던 사람은 모리 아오이 씨, 당신이었던 겁니다.

수십 년 만에 보는 얼굴이었어요. 그 시간만큼 나이가 들었고 그때와는 상당히 분위기도 달라지긴 했지만, 잊을 수 없는 눈빛은 그대로였습니다.

한때 내 세상을 지배했던 사람. 내 마음을 사로잡고, 조종했던 사람. 예쁘고, 영리하고 매력이 넘쳤던 선망의 대상. 당신을 분노하게 하는 바람에 반 아이들 모두에게 투명 인간 취급을 당했을 때의 공포, 바닥에 무릎을 꿇고 빌어 용서를 받았을 때의 짜릿한 행복과 기쁨이 봇물 터지듯 밀려와 전율했습니다.

제 머릿속에 남아 있는 첫 기억은 초등학교 2학년 때 일이에요. 당신은 저에게 반 아이 중 한 명이 가지고 있던 인기 캐릭터 지우개를 몰래 가져오라고 명령했어요. 장난삼아 저는 당신 말대로 했지요. 그러자 당신은 그 지우개를 자기 호주머니에 쏙 넣으며 눈을 홉뜨고 나에게 "도둑."이라고 속삭였죠. 그 순간 머릿속이 새하얘졌던 기억이 납니다.

"괜찮아, 아무한테도 말 안 할게."

그 목소리가 머릿속으로 모래알처럼 사르륵 쏟아져 들어온 것도요.

그날 이후, 중학교를 졸업하며 당신과 헤어질 때까지 제 머릿속은 새하얘진 상태 그대로였던 것 같습니다.

그때부터 당신에 관해 검색하고 당신의 블로그를 찾아서 읽어 보았어요. 모든 글이 감동적이고 훌륭했습니다. 당신의 눈빛은 항상 따뜻했고, 당신이 쓴 글들은 독자를 부드럽게 어루만지고 용기를 북돋워 주며 긍정적인 자세를 가지게 하더군요.

어떻게 이런 글을 쓸 수 있을까, 궁금해서 견딜 수가 없었습니다. 왜냐하면, 제가 아는 당신은 그와는 정반대인 사람이기 때문입니다. 저는 당신이 세상 사람들을 속이고 있다고 생각했습니다.

얼마 후, 당신이 책을 출간하고 그에 발맞춰 독자들을 초대하는 파티를 연다는 사실을 알게 되었습니다. 저는 남몰래 그곳으로 가서 당신 앞으로 쓴 편지를 놓고 돌아왔습니다. 당신이 제 언니에게 한 일을 따져 묻고 싶었기 때문입니다.

답신이 없었던 것은 예전과 마찬가지로 당신이 '무시'한 거라고 생각했습니다. 당신의 주특기죠. 하지만, 그게 아니었어요. 당신의 손에 편지가 전달되기도 전에 버려졌더군요.

모리 씨, 저는 기억하지 못한다고 해도 그리 놀라울 것도 없지만,

제 언니, 시모다 리나를 잊었다고 하지는 못하겠죠.

언니의 혼담이 이루어졌다는 소식이 왔을 때 저는 도쿄에서 대학에 다니고 있었어요. "여름방학에 양가 상견례가 있을 테니 제대로 된 정장과 액세서리를 준비해 두어라."라는 말과 함께 부모님이 따로 용돈을 보내 주셔서 설레는 맘으로 원피스와 구두를 샀던 기억이 생생합니다.

특히 기뻤던 것은 늘 조심스럽고 내성적인 언니가 아마도 처음이었을 사랑을 하며 무척 행복해 보였기 때문이었습니다. 삼 남매의 맏이로 태어나 무엇이든 참고 속으로 삭이는 일이 많았던 사람이었어요. 가업은 남동생이 물려받기로 정해져 있었는데도 고등학교를 졸업하고 당연하다는 듯이 일손을 보탰고, 집에 묶여서 그 지역 밖으로 나가는 일도 거의 없었어요. 도쿄에서 마음 가는 대로 살고 있던 저는 그런 언니에게 늘 미안한 마음을 느꼈던 것 같습니다. 그래서 더욱 기뻤어요.

하지만, 고향으로 돌아가기 직전에 본가에서 언니의 파혼 연락이 왔습니다. 제 어머니는 상대편 남자에게 다른 연인이 있었다고 하더군요. 살면서 그토록 화가 났던 일은 없었습니다.

제가 본가로 돌아갔을 때도 언니는 방에서 한 발짝도 나오지 않았고, 말 한 마디도 나눌 수 없었습니다. 어렸을 때부터 부모님과 조부모님에게 사랑과 애정을 듬뿍 받으며 자란 언니에게 얼마나 큰 충격이었을지 상상할 수 있었습니다. 부모님도 분노를 넘어서 허탈해 보였습니다. 그 여름, 본가의 음울한 분위기를 떠올리면 지금도 숨이 막힙니다.

그날 이후, 본가에서 언니의 혼담을 입에 담는 것은 금기가 되었습니다. 그래서 저는 언니에게 씻을 수 없는 상처를 준 도미노 건설 장남이 파혼의 원인이 된 여성과 결혼한 사실도 몰랐습니다.

후에 다행히 언니에게 좋은 혼담이 들어와 먼 곳으로 시집가게 되었고, 그 전에 추억을 만들기 위해 언니와 둘이 여행을 갔습니다. 그곳에서 처음으로 언니에게 파혼에 이른 자초지종을 들었습니다.

도미노 씨와 약혼하고 얼마 되지 않았을 때, 언니가 다니던 요가 교실에 한 젊은 여성이 들어왔다고 합니다. 고향에 돌아와 있는 대학생이라고 하기에 언니가 "내 여동생도 대학생이고 도쿄에 사는데 거의 고향에 오지 않는다."라고 하자 그녀는 "이곳에 남자 친구가 있어서 만나러 와 있다."라고 했다더군요. 두 사람은 마음이 잘 맞아서 요가 수업을 마치고 함께 차를 마시거나 문자를 주고받게 되었습니다.

그녀는 언니에게 연애 고민을 자주 이야기했다고 합니다. 졸업하면 곧바로 결혼하고 싶은데 최근 남자 친구의 마음이 떠난 것 같다고요. 그 말을 듣고 언니는 자기 일처럼 마음 아파했어요. 언니는 진심으로 그녀를 위로하고 격려했어요. 남자 친구 생일 선물을 함께 골라 주었으면 좋겠다는 부탁을 흔쾌히 수락하고 함께 쇼핑하러 가기도 했습니다. 참고하고 싶다면서 언니의 약혼자에 대해서도 자주 물었다고 합니다. 동성 친구와 연애 이야기를 하는 것이 처음이었던 언니는 그게 무척이나 즐거웠던 모양입니다.

그녀의 남자 친구 생일이 도미노 씨 생일과 매우 가깝다는 것을 알았을 때도, 그녀와 함께 골랐던 지갑과 똑같은 것을 도미노 씨가 가지고 있다는 것을 알았을 때도, 그녀가 눈에 익은 남성용 티셔츠를 입고 요가 교실에 왔을 때도 언니는 우연이라고 생각했다고 합니다. 어쩌면 그렇게 믿고 싶었는지도 모르죠.

그러나 중매인으로부터 파혼 연락이 왔을 때는 이유도 묻기 전에 언니의 머릿속에 그녀의 얼굴이 떠올랐다고 합니다. 곧바로 도미노 씨에게서도 직접 만나서 사죄하고 싶다는 연락이 왔지만, 언니는 거절했고 또 "상대 여성에게는 절대로 저에 대해 이야기하지 마세요."라고 다짐을 받았습니다. 그리고 아무 말 없이 요가 교실을 그만두었어요.

"아무것도 모르는 그녀에게 상처를 주고 싶지 않았거든."

료칸 방에 나란히 펴 놓은 이부자리에 누워서 언니는 그렇게 말했습니다.

또, 도미노 씨에 대해서도 본래 연인이었던 그녀를 부모님이 반대해서 억지로 맞선을 봤던 거겠지, 라며 마음을 썼습니다. 그 말투에는 도미노 씨에 대한 애정이 여전히 남아 있는 것이 느껴져 애달팠습니다.

저와 이야기를 나누는 동안 언니는 상대 여성을 '그녀'라고밖에 표현하지 않았어요. 그래서 그때는 언니를 절망스러운 고통에 빠뜨린 사람이 당신이었다는 것을 몰랐죠. 그리고 언니 말을 곧이곧대로 믿었어요.

언니를 불행에 빠뜨린 사람이 당신이라는 것을 알았을 때, 저는 곧 언니가 감쪽같이 속은 거라고 확신했습니다. 그래서 편지를 쓴 것입니다. 몇 년이 지났다 하더라도 그 죄를 용서할 마음은 없었습니다. 당신이 언니에게 사죄하기를 바랐습니다.

그러나, 아무리 기다려도 답장은 오지 않았어요. 여전히 당신이 다른 사람을 깔보고 있다는 생각을 하자 분해서 견딜 수가 없었어요. 언니는 그냥 잊으라고 저를 달랬지만, 그럴 수는 없었습니다.

그리고 바로 얼마 전, 당신의 온라인 살롱에 가입했다는 지인에게서 당신의 책을 빌려 왔습니다. 여전히 훌륭하고 감동적인 말씀들이 빼곡히 담겨 있더군요. 하지만 제 마음에는 아무 감동도 없었습니다.

행간에서는 "대단하지? 울어, 감동해, 감사해, 칭찬해."라는 당신의 목소리가 들리는 듯했습니다. 당신은 그런 사람입니다.

며칠 전, 도미노 미치타카를 찾아갔습니다. 도미노 씨가 당신과 어떻게 만나 결혼에 이르게 되었는지 묻기 위해서였죠.

역시, 도미노 씨와 당신이 만났던 것은 도미노 씨가 언니와 약혼한 후였어요. 그러나 언니는 당신이 도미노 씨와 오랜 기간 연인이었다고 믿고 있습니다. 그리고 도미노 씨는 당신이 자기에게 약혼자가 있다는 사실을 몰랐다고 지금도 믿고 있더군요.

모리 씨, 당신이 얼마나 많은 사람에게 상처를 주고 그들의 인생을 망쳤다는 사실을 알고 있습니까?

당신 블로그에는 사요 씨 사건으로 생각되는 에피소드가 있습니다. 이것도 사실과는 상당히 다르더군요. 저는 사요 씨에게 직접 자살 미수 사건의 진상을 들었습니다. 당신은 사요 씨의 가족분들 마음을 조종하고 사요 씨를 궁지로 몰아넣었습니다.

그뿐만이 아니에요. 글쓰기 교실이나 온라인 살롱 등 당신이 관계된 모든 곳에 당신에게 쫓겨나고, 인생이 엉망이 된 사람들이 있었습니다. 구라타 사토미 씨는 그중 가장 뼈아픈 피해자입니다.

조금 전, 사토미 씨의 남편 도모아키 씨가 응급실로 이송되었다는 연락을 받았습니다. 대량의 술을 마신 후 약을 복용한 것이 원인이라고 합니다.

도모아키 씨는 얼마 전, 당신의 추도문을 읽고 격분했습니다. 당신을 고발할 용의가 있다는 말씀도 하셨습니다. 구체적으로 무엇을 하려는지는 모르지만, 이미 당신에게 어떤 식으로든 접근했을지도 모르겠네요. 만일 그랬다면 당신이 도모아키 씨에게 어떻게 대응했는지, 그것이 응급실 이송과 어떤 연관이 있는지 궁금한 바입니다.

왜 이런 일을 반복하는 겁니까?
부디 질문에 답해 주세요. 그리고 당신이 상처 입힌 사람들에게 사죄하세요.
답장 기다리겠습니다.

28
모리 아오이의 답장

마나 씨.

저는 전문 작가입니다. 기본적으로 제가 쓴 원고에는 원고료가 발생합니다. 무보수로 원고 집필을 수락했던 것은 사토미 씨에 대한 저의 애정과 당신에 대한 선의 때문이었습니다. 제 진심이 이런 식으로 짓밟힐 줄은 생각도 하지 못했습니다. 저는 이루 말할 수 없는 충격과 상처를 받았습니다.

원칙적으로는 응분의 조치를 취해야겠지만, 당신이 옛 고향 친구라는 점을 고려하여 그렇게까지 심한 짓은 하지 않겠습니다. 아마 당신은 그것까지 계산에 넣고 이런 무례를 범했겠죠.

당신이 제게 하신 '질문'도 무례한 트집이라고밖에 표현할 방법이 없습니다. 저에게서 무엇을 캐내려는지, 무엇을 상상하시는지 모르지만, 당신에게 이런 모욕을 당할 이유는 어디에도 없습니다.

도미노 씨가 약혼했던 분이 당신의 언니였다는 사실은 당신에게 편지를 받고 처음 알게 되었습니다. 도미노 씨가 어떤 식으로 말씀하셨는지는 모르지만, 저는 도미노 씨가 언제 약혼했는지도 모릅니다. 그리고 당신 언니에게 저는 도미노 씨와 '오랫동안 사귀어 왔다'라는 의미의 어떤 말도 한 기억이 없습니다. 남자 친구에 대한 저의 고민을 자주 들어 주셨기 때문에 오해하셨던 게 아닐까요?

당신 언니는 진지하게 제 고민을 들어 주셨어요. 덕분에 도미노 씨가 약혼한 사람이 있다는 사실을 털어놓았을 때도 잘 이겨 낼 수 있었습니다. 아무리 감사해도 모자랍니다.

도미노 씨가 맞선 상대에게 거절의 뜻을 표하셨다는 말씀을 들었을 때 저는 기뻐서 당신 언니에게 감사 인사를 드리고 싶었는데 갑자기 요가 교실을 그만두셨어요. 전화를 걸어도 연결이 되지 않아 감사를 전할 수 없었습니다. 가족분들이 사업을 하신다는 말씀을 들었던 터라 바빠지신 거라고 생각했습니다.

저는 정말로 아무것도 몰랐습니다. 당신이 보낸 편지를 읽고 당신 언니의 심정을 헤아려 보니 가슴이 아픕니다. 슬픈 우연이라고밖에 표현할 길이 없습니다.

사요에 관한 일이나 글쓰기 교실, 온라인 살롱에 관해서도 저는 금시초문입니다. 무슨 말씀이신지 모르겠군요.

블로그에 관해서 말씀드리면 저는 오랜 기간, 구독자분들을 격려하고 가능한 한 긍정적인 자세를 가질 수 있는 글을 고심하여 써 왔습니다. 수많은 분이 공감하실 수 있도록 보편적인 진리에 기반을 둔 글을 쓰는 것을 지향하고 있습니다. 그래서인지 제 글은 고민에 빠진 분, 연약해진 분에게는 격려가 되는 한편, 마음에 떳떳하지 못한 부분이 있는 분은 가시에 찔린 듯이 느끼기도 합니다. 지금까지도 그렇게 마음이 찔렸던 분에게 본의 아니게 공격을 받았던 일이 있습니다.

혹 당신도 찔리는 부분이 있다면 무언가 당신 마음에 떳떳하지 못한 것이 있는 건 아닐까요? 주제넘은 말씀이오나 저를 공격하기 전에 거울을 바라보며 자신에게 질문을 던질 필요가 있지 않을까 생각됩니다.

구라타 도모아키 씨 일은 깜짝 놀랐습니다.

당신이 말씀하신 대로 구라타 씨께 저를 만나고 싶다는 연락이 왔습니다. 왠지 느낌이 심상치 않았기 때문에 편집자이신 시라카와 씨께 동석을 부탁드려 셋이서 만났습니다.

구라타 씨는 사토미 씨와 저의 관계에 관해 크나큰 오해를 하고 계셨습니다. 그로 인해 괴로움에 시달리셨던 것 같습니다. 오해가 풀린 후에는 좀 더 일찍 저와 이야기를 나눌 걸 그랬다며 고마워하셨습니다.

당신이 날조한 가짜 추도문집 때문에 저에 대한 구라타 씨의 오해가 한층 더 깊어졌던 것은 아닐까요? 당신이 그런 일을 하지 않았다면 구라타 씨는 그렇게 괴로워하지 않았을 것입니다. 저를 비난하기 전에 부디 자신을 먼저 돌아보세요.

구라타 씨는 사토미 씨가 세상을 떠난 후 외로움을 이기지 못하고 술에 의존하게 되었다고 합니다. 만나 뵈었을 때도 이미 조금 술에 취하신 상태였습니다.

진심으로 구라타 씨의 쾌유를 기원합니다.

29
시라카와 다카시의 두 번째 이야기

 이러시면 진짜 곤란합니다. 나카이 씨께 호되게 질책당했잖습니까. 나카이 씨 동창분이시면 처음부터 그렇게 말씀해 주셨어야죠. 나카이 씨께 그런 원고까지 쓰게 하다니 대체 어쩔 셈이었습니까? 오늘도 보통은 문전박대당할 상황이에요. 상대가 저였으니 망정이지 당신은 사기로 고소당해도 이상하지 않은 상황입니다. 이 정도로 끝난 걸 다행인 줄 아시고 더는 제 주위에 얼씬도 하지 마세요.
 네? 구라타 씨가? 사토미 씨 남편분에게 무슨 일이 생긴 건가요?
 앗, 그건 몰랐군요. 하지만, 지난번에 뵀을 때도 염려스럽긴 했어요. 사토미 씨가 세상을 떠난 것에 대해 자책하고 있는 것 같았거든요. 안타깝게도……

하지만, 생명에 지장은 없다니 다행입니다. 만일 무슨 일이 있었다면 저도 두 발 뻗고 잘 수는 없었을 거예요. 만나 뵌 직후에 일어난 일이니까요.

구라타 씨의 오해요? 아, 나카이 씨께 들으셨습니까?

네, 맞습니다. 구라타 씨는 사토미 씨가 병에 걸린 것이 나카이 씨와의 관계가 악화되었기 때문이라고 생각하더군요. 그래서 일방적으로 나카이 씨를 원망하고 있더라고요. 저는 전혀 몰랐던 일이지만, 술에 취한 채 SNS에 무언가 글을 쓴 적도 있다고 하고요. 다행히 나카이 씨 이름까지 밝히지는 않았다고 하지만, 그런 행동은 위험하지요.

나카이 씨는 구라타 씨의 주장을 아무 말 없이 가만히 들어주었어요. 너무 터무니없는 말을 하기에 듣다못해 제가 끼어들려고 하자 저를 말리더군요. 어쨌든 끝까지 들어 보자고요. 역시 훌륭한 사람이에요.

구라타 씨의 주장은 요컨대, 나카이 씨가 사토미 씨를 괴롭혔는데 그로 인해 사토미 씨의 건강이 악화되었고 급기야 목숨까지 잃었다는 것이었어요. 어떻게 그렇게 얼토당토않은 생각을 할 수 있는 건지, 원.

이것저것 구체적인 사건을 들면서 그 일들이 얼마나 사토미 씨를 괴롭혔는지 호소하셨는데, 모두 나카이 씨가 했으리라고 생각할 수 없는 일뿐이었어요. 아니, 나카이 씨라기보다 정상적인 성인이 그런 짓을 할까 싶은 일들뿐이었다니까요.

나카이 씨의 에세이에 관해서도 언급하셨어요. 은근히 사토미 씨를 중상 비방하는 듯한 내용이었다던가? 네, 맞아요, 그거, 〈일방적인 기대〉. 이것도 크나큰 오해였는데요, 나카이 씨 작품은 그야말로 보편적이고…… 네, 맞아요, 잘 아시네요.

"연약해진 사람에게는 격려가 되지만, 떳떳하지 못한 사람에게는 가시처럼 다가온다."

나카이 씨가 자주 하시곤 하는 말씀이지요.

구라타 씨가 이야기를 마치자 나카이 씨는 그것을 곰곰이 곱씹듯이 잠시 아무 말 없이 눈을 감고 생각했어요. 그러고는 자애로운 어조로 구라타 씨를 위로하듯이 말했습니다.

"구라타 씨, 사토미 씨가 돌아가시고 나서 괴로운 건 저도 마찬가지입니다. 소중한 사람이 세상을 떠나면 그 사람이 소중했던 만큼 남은 사람은 더 책임을 느끼게 되는 법이지요. 구라타 씨가 느끼시는 감정을 저도 똑같이 느낍니다. 물론 그 깊이는 남편이신 구라타 씨와는 비교할 수 없겠지만요. 하지만, 저와 사토미 씨가 얼마나 친밀했는지 구라타 씨도 잘 아시잖아요? 저에게도 사토미 씨는 정말 무엇과도 바꿀 수 없는 사람이었습니다."

그러자 흥분 상태였던 구라타 씨가 조금은 침착을 되찾았습니다. 나카이 씨는 말을 이었어요.

"아시는 것처럼 우리는 마지막에 서로 서먹서먹하긴 했어요. 구라타 씨 말씀대로 사토미 씨에게 제가 쓴 소설을 읽어 달라고 부탁한 것이 발단이 되었어요. 하지만, 그것은 어디까지나 발단일 뿐, 우리는 이전부터 소소하게 마음이 엇갈렸던 적이 있어요. 친구라는 게 원래 그런 거잖아요.

그래도 저는 편집자로서의 사토미 씨를 신뢰했기 때문에 제가 쓴 소설을 읽어 주셨으면 해서 부탁한 겁니다. 칭찬받고 싶었죠. 하지만 신랄한 평가에 직면하고 큰 타격을 받았습니다. 사토미 씨는 아무것도 잘못한 게 없습니다. 제가 겁쟁이였을 뿐이에요.

네, 분명 저는 사토미 씨에게 매우 격한 감정을 담은 메일을 보냈습니다. 하지만, 곧바로 사토미 씨의 사과 편지를 받고 부끄러워졌기 때문에 직접 얼굴을 뵙고 사과했습니다. 정말이에요. 우리 관계가 서서히 회복되었다는 것은 구라타 씨도 잘 아실 겁니다.

하지만 사토미 씨는 착한 심성을 가진 분이라 저를 힘들게 하고 사과하게 만든 것을 줄곧 마음 아파하셨어요. 사람이 너무 착한 거죠. 저에게는 그 상냥함이 역으로 괴롭고 힘들었어요. 그래서 거리를 두게 되었습니다.

서로 멀어진 것은 그 때문이었습니다. 그 누구의 잘못도 아니었어요."

그 두 사람에게 그런 일이 있었다는 것을 저는 전혀 몰랐기 때문에 이야기를 들으며 깜짝 놀랐습니다. 구라타 씨는 할 말을 잃은 듯했습니다.

나카이 씨는 마지막에 구라타 씨를 위로했습니다.

"구라타 씨, 사토미 씨가 세상을 떠난 후, 이랬어야 했는데, 저랬어야 했는데, 하고 저도 많이 후회했습니다. 남편분도 마찬가지겠죠. 정말 고통스러우셨죠.

오랫동안 인생의 동반자로 걸어온 부부 사이에는 제가 모르는 각별하고 복잡한 사건들이 수없이 많았을 거예요. 친구와는 차원이 다르겠죠. 그만큼 후회되는 일도 저와는 비교도 안 될 만큼 많을 테지요.

예를 들어 이전에 사토미 씨가 무심코 말한 적이 있었어요. 조기 갱년기장애로 힘들어했을 때 남편이 이해해 주지 않는 것이 가장 괴로웠다고요. 아뇨, 구라타 씨를 비난한 건 아니었고, 다만 아무리 부부라도 100퍼센트 서로를 이해하는 건 아니라는 말씀을 하고 싶으셨던 것 같습니다. 부부간이든 부모·자식 간이든 아무리 애정이 있어도 모든 것을 알 수는 없잖아요. 그건 진리죠.

하지만, 서로 사랑하는 두 사람 중 한쪽이 먼저 세상을 떠나면 남겨진 사람은 견딜 수가 없지요. 내가 전부 다 잘못한 것 같은 생각이 들지요. 무슨 생각을 해도 후회만 떠오르고요.

하지만, 이제 후회는 그만 하세요. 저는 최근, 사토미 씨의 상냥한 미소가 자주 떠올라요. 정말 다정한 사람이었어요.

구라타 씨, 사토미 씨는 틀림없이 용서했을 거예요. 저는 그렇게 믿어요."

구라타 씨는 눈물을 뚝뚝 흘리며 고개를 떨구었습니다. 무슨 말을 건네야 좋을지 모르겠더군요.

네? 구라타 씨가 "좀 더 일찍 나카이 씨와 이야기를 나눌 걸 그랬다."라고 말했냐고요? 글쎄요, 그렇게 말로 했는지 어떤지는 잘 모르겠지만, 그런 분위기였어요. 감동적이었습니다.

그건 그렇고, 대체 왜 만취할 때까지 술을 마시고 약까지 드신 걸까요?

30
류 엄마의 두 번째 이야기

 어머, 《당신은 더 빛날 수 있다!》 돌려주러 일부러 온 거야? 언제든 상관없는데. 얼마 전에 루민 씨의 세 번째 책이 나와서 지금 그 책을 읽는 중이거든. 이번 책도 걸작이야. 다 읽고 나면 빌려줄게. 아, 그 전에 두 번째 저서 《마음을 뒤흔드는 언어의 마술》 빌려줄까?

 필요 없다고? 으음, 그래? 그럼, 온라인 살롱도 들어올 생각 없는 거야? 그렇구나, 유키 엄마에게도 살롱에 관해서 물어봤다길래 틀림없이 관심이 있는 줄 알았지. 아쉽다.

 실은 있잖아, 나 최근에 살롱 운영 쪽에 관여하기 시작했어. 그럴 생각은 전혀 없었는데 살롱 운영의 주축이었던 사람 몇 명이 갑자기 그만두면서 루민 씨가 나한테 직접 연락해서 부탁하셨어. 응, 너무 기뻤지. 이것저것 힘든 일도 있지만, 그보다 즐거움이 더 커. 무엇보다도 루민 씨를 이렇게 가까이서 접할 수 있다는 게 정말 꿈만 같아.

전에는 주말에만 참여했는데 지금은 거의 매일같이 살롱 스태프들과 무언가 활동을 하고 있어서 눈코 뜰 새 없이 바빠. 오늘도 지금부터 도서관에 가야 해. 자료 수집하러. 살롱에서 이벤트를 열자고 제안했는데 통과되었거든. 책임이 막중해. 남편은 기가 막힌대. 집안일 소홀하게 하지 말라고 못을 박더라고. 하지만, 내가 활기차게 지내는 게 내심 기쁜 모양이야. 어머, 너무나 혼자 떠들었나?

하지만, 실제로 루민 씨 온라인 살롱에 들어오기 전에는 육아나 가사 분담 때문에 자주 부부 싸움을 했거든. 지금은 전혀 안 해. 자기 인생에 만족하는 사람은 다른 사람에게도 너그러워진대. 루민 씨가 한 말이야.

루민 씨, 최근에 친구라고 믿었던 사람에게 속았다나 봐. 사소한 오해가 원인이었던 것 같아. 까닭 없이 원한을 사고, 함정에 빠질 뻔해서 엄청난 충격을 받았대.

질투 때문이었을 거래. 같은 고향 친구에 나이도 같고, 비슷한 인생길을 걸어왔는데 어느 날 문득 돌아보니 한쪽은 성공한 사람이 된 거지. 그 시기심을 정당화하기 위해 무의식중에 오해한 게 아닐까 싶다고. 인생을 허비하는 게 너무 불쌍하다고 루민 씨가 그러더라.

"저에게는 당신처럼 훌륭한 동료들이 있어요. 그래서 불쌍한 그 친구를 미워하지 않을 수 있었어요. 고맙습니다."

그렇게 말하면서 우리에게 고개 숙여 인사했어. 나, 순간 멍해졌잖아. 훌륭한 동료라는 말을 들으니 의욕이 샘솟더라고. 살아 있어서 참 좋다는 생각이 절로 들었어. 얼마나 행복한 일이야.

아, 미안, 또 혼자서 떠들었네. 어쩌면 이벤트는 살롱 회원뿐만 아니라, 어디 큰 장소를 빌려서 비회원도 참여할 수 있는 형태로 개최할 수도 있거든. 그러면 초대할게.

그런데 좀 피곤해 보이는데 괜찮아? 잘 지내고. 다음에 또 봐!

31
도모토 에리의 두 번째 이야기

 어머? 우리 어디선가 만난 적 있죠, 어디였더라? ……아, 루민 씨. 생각났어요. 그때도 아마 사인회였죠. 오늘은 무슨 일이세요? 혹시 고타니 라무 씨 팬이세요? 아니에요? 그냥 지나가는 길이었다고요? 아, 그것도 우연이네요.

 저요? 그때랑 똑같이 사인회 스태프예요. 네, 삼십 분 후에 고타니 라무 토크쇼와 사인회가 있거든요. 괜찮으시면 보고 가세요. 저 지금은 고타니 라무의 비서 역할을 하고 있어요.

 네, 고타니 라무를 모르세요? 떠오르는 신인 만화가인데 오늘 데뷔작의 단행본 출간 이벤트가 있어요. 정말 재미있는 작품이니까 꼭 읽어 보세요.

루민 씨 살롱이요? 그만뒀어요. 골치 아픈 일이 생겼는데 귀찮아서 나왔어요. 뭐라고 해야 하나, 비밀로 해 주실래요? 루민 씨, 실은 좀 위험한 사람이더라고요. 그래서 도망쳐 나온 거예요.

 앗, 당신, 루민 씨 팬이었죠? 미안해요, 지금 한 말은 잊어버리세요.

 네? 살롱에서 무슨 일이 있었냐고요? 왜 궁금하세요? 나카이 루민이 얼마나 무서운 사람인지 안다고요? ……당신, 루민 씨 팬 아니었어요? 앗, 동창이요? 당신도 피해자라는 거예요? 깜짝이야.

 그럼 말씀드릴게요. 발단은 고타니 라무였어요. 고타니 씨도 온라인 살롱 회원이었는데 고타니 씨가 만화 잡지 신인상에서 대상을 받고 데뷔한 후, 루민 씨의 태도가 어딘가 이상해졌어요. 운영 스태프 미팅에서 "고타니 씨는 나를 대신하려고 한다."라는 거예요. 살롱이 고타니 씨에게 넘어갈 거라고요.

 그야, 회원 중에서 프로 만화가가 나왔으니 살롱에서 모두 야단법석이었죠. 작품이 게재된 잡지를 사서 읽고 편집부에 리뷰를 보내는 사람도 있었어요. 동료잖아요, 응원하는 거죠. 하지만, 살롱에서 고타니 씨의 입지는 여태까지와 다름없이 회원 중 한 명일 뿐이었어요. 그런데 그런 말을 꺼내니까 깜짝 놀랐죠.

본인은 인정하지 않겠지만, 뭐, 한마디로 질투지요.

 그 후로 루민 씨, 운영 스태프에게 사소한 일로 꼬투리를 잡아 화를 내곤 했어요. 그것도 일방적으로요. 항상 "커뮤니케이션이 가장 중요하다. 끝까지 대화하면 결국은 통한다."라고 말해 놓고는 상대방의 말은 한 마디도 들으려 하지 않는 거예요. 그녀에게 찍힌 사람들은 당황해서 어쩔 줄을 모르더라고요.

 더 무서운 건 루민 씨가 저에게 이렇게 말했다는 거예요.

 "그 사람들, 고타니 씨를 질투해서 그렇게 못되게 구는 거잖아? 그런 태도가 눈에 거슬려서 그만 엄격하게 혼내게 돼. 그런 건 안 돼. 절대 용서할 수 없어. 열심히 노력하는 사람을 응원하는 것이 이 살롱의 신조잖아."

 정말 소름 끼쳤어요.

 그래서 저 갑자기 열정이 식어 버렸어요. 그렇게 찬란하게 빛나던 루민 씨의 광채가 흔적도 없이 꺼져 버렸거든요. 그래서 망설일 것도 없이 고타니 씨와 친해졌어요. 왜냐하면, 고타니 씨 작품을 읽고 완전히 팬이 되어 버렸거든요.

 당연히 다음은 제가 루민 씨의 표적이 되었죠. 스태프 미팅에서 루민 씨가 무시무시한 기세로 저를 몰아세웠어요. 처음 만났을 때 일까지 들추어내고 저는 기억하지도 못하는 일까지 끄집어내더라고요. 잊어버렸다고 해야 하나, 애초에 '그런 일이 있었나?' 싶은 일도 있었어요.

 기억도 나지 않는 일로 욕을 먹는 동안 저는 점점 제가 저 같지 않다는 느낌에 빠졌어요. 대체 뭘까, 이건? 이 사람의 기억 속에 있는 나는 대체 누굴까?

 그때까지의 수많은 사건이 휙휙 주마등처럼 지나가는 것을 느꼈어요. 맹목적으로 동경하며 루민 씨를 추종할 때는 몰랐는데, 루민 씨는 저를 한 명의 인간으로 보지 않았던 거예요. 루민 씨는 그저, 자기를 여왕처럼 떠받들어 주고 무조건 칭송해 줄 사람이 필요했던 것뿐이에요. 그건 제가 아니어도 되잖아요. 아니 그보다 '자아'를 가지고 있는 사람이면 안 되는 거였어요.

 그 사람은 텅 빈 구멍이에요. 텅 빈 구멍에 불과한 자기 자신을 사랑할 수가 없어서 타인을 거울로 삼아 자신을 비춰 보고, 자기를 칭찬하게 하면서 구덩이를 채우는 거예요. 그래서 루민 씨는 절대적으로 타인을 필요로 하죠.

 루민 씨의 거울은 이상적인 모습만 비춰 주어야 해요. 자아를 가진다는 건 당치도 않죠. 그러니까 거울이 된 사람은 루민 씨에게 전적으로 자아를 빼앗겨요. 루민 씨에게 불리한 사실은 왜곡되고, 모순은 모두 거울의 책임으로 돌려져서 거울이 대가를 치러야 해요. 그런 식으로 거울은 언제나 루민 씨의 찬란한 모습만을 비출 것을 요구받아요. 그렇게 하지 못하게 된 거울은 처참하게 산산조각이 날 뿐이에요.

분통 터지는 일은, 자기가 루민 씨의 거울 노릇을 했다는 것을 깨닫는 것은 바로 산산조각이 날 때라는 거예요.

저는 산산이 부서지면서 생각했어요. 거울이 할 수 있는 일은 깨진 파편으로 루민 씨의 어딘가에 한 곳이라도 흉터를 남기는 거라고요. 그러면 다음에 거울이 될 사람이 산산이 부서지기 전에 알아차리지 않을까 하고요.

흥분해서 마구 지껄이는 루민 씨에게 저는 잠자코 등을 돌렸어요. 그곳에 있던 다른 스태프들에게 눈짓을 하자, 그분들도 고개를 끄덕이며 저와 함께 방을 나왔어요. 물론 고타니 씨도 그만두었고요.

그것이 제가 할 수 있는 최선이었어요. 살롱은 표면적으로는 변함없이 계속되고 있고, 별 타격은 입지 않은 듯하더군요. 하지만, 상관없어요. 루민 씨에게 집착하는 것 자체가 그 사람을 비대하게 만드는 것이니까 무시하는 게 상책이에요. 그래서 지금은 고타니 라무와 함께랍니다!

맞다, 지금 생각난 건데요, 전에 루민 씨 앞으로 협박장 같은 편지가 온 적이 있다고 말씀드렸잖아요? 그게 사실은 협박장이 아니라 고발장이었는지도 몰라요. 오카다 글쓰기 교실을 그만둘 때 "사람들이 시기해서 괴로웠다."라고 말한 것도 지금 와서 생각하면 반대였을 거예요.

아, 나왔다, 나왔다. 저 사람이에요, 고타니 라무. 멋진 사람이죠? 반짝반짝 빛나잖아요.

32
나카이 루민의 에세이
〈친구〉

 오랫동안 연락이 끊겼던 옛 친구에게서 갑자기 만나고 싶다는 연락이 왔다. 무슨 일인가 하고 나가 봤더니 친구는 내 얼굴을 보자마자 몇 년이나 지난 일을 따져 묻는 것이었다.

 하지만 나는 친구가 무슨 말을 하는 건지 도무지 알 수가 없었다. 친구는 목에 핏대를 세우고 무언가를 호소하면서 나를 비난했지만, 나는 전혀 기억에 없는 일이었다. 사건 자체는 기억하지만, 내가 했다고 주장하는 그 일은 기억에 없었다.

 누명을 쓴 사람이 이런 기분이겠구나, 하는 생각이 들었다. 명치가 찌릿찌릿하고 정신이 아득해졌다.

 이럴 때 사람은 피가 거꾸로 솟고 내가 질세라 되받아치고 싶어진다. 나도 어느새 꽉 쥔 주먹에 힘이 들어갔다.

"그런 적 없다니까요."

나도 모르게 소리를 지르고 말았다.

그러나 친구는 한층 더 격분하여 목소리 톤을 더욱 높이며 고함을 질렀다.

나도 주먹을 더 세게 움켜쥐었다. 그리고 다시 한번 소리를 지를 뻔했으나 가까스로 멈춰 섰다.

아무리 언쟁을 벌여도 아무것도 해결되지 않을 것이라는 생각이 들었기 때문이다.

친구와 나는 아주 예전에 일어난 같은 사건을 떠올리고 있지만, 전혀 다른 광경을 보고 있다. 이대로는 서로 자기가 보는 광경이 맞다고 우길 뿐 아무 진전이 없을 것이다.

극도로 흥분한 친구에게 나는 조용히 제안했다.

"그 사건이 일어나기 전 일들을 함께 되짚어 보면 어떨까요?"

친구는 어안이 벙벙했으나, 가까스로 설득하여 당시 사건에 관해 기억하는 것을 서로 하나씩 제시하며 맞춰 보았다.

그때 그랬죠.

그리고 이렇게 되었죠.

이런 일도 있었죠.

그다음에 이렇게 되었던 거죠.

함께 이야기하는 동안 나는 우리 두 사람이 대립 관계에서 협력 관계로 바뀌었다는 것을 깨달았다.

그래도 아직 안심할 수는 없다. 이야기는 마침내 문제가 된 국면에 접어들었고, 친구가 말했다.

"그때, 당신은 나를 이렇게 홀대했어요. 그것을 사과해 주었으면 해요."

그제야 비로소 친구가 말하는 '홀대'가 나로서는 '배려'로 했던 일이라는 것을 깨달았다. "그런 적 없다."라고 억울해하며 언성을 높일 필요가 없었다. 그저 단순한 오해였던 것이다.

왜 내가 '배려'로서 그런 행동을 했는지 설명하자, 전 단계를 '함께 돌이켜 보는' 작업을 통해 한번 마음을 합한 경험을 한 후여서 그런지 친구가 이번에는 내 의견에 조용히 귀를 기울여 주었다.

"제가 오해했어요. 정말 미안해요. 좀 더 일찍 당신과 이야기를 나눌 걸 그랬어요. 정말 고마워요."

이어서 친구는 나에게 진지한 사과와 감사의 말을 했다.

"나야말로 오랜 세월, 괜한 오해를 하게 하고 당신을 괴롭게 해서 미안했어요."

나도 진지하게 사과했다.

 그다음 주, 우리는 둘이서 만나 식사를 했다. 오해로 인해 잃어버린 시간을 메우고 싶었다. 서로 같은 심정이었다.

 그러나, 맛있는 음식을 먹고 와인을 마시며 즐겁게 이야기를 주고받는 동안, '잃어버린 시간' 따위 없었다는 느낌이 들었다.

 떨어져 있던 동안에도 나는 친구를 생각했고, 친구도 나를 생각했다는 것을 마음 깊이 느꼈기 때문이다.

 이래서 친구가 좋은 거구나.

 혼자서 집으로 가는 길에 그 사실을 깨닫고 어린아이처럼 총총 뛰어갔다.

 이런 멋진 친구가 있다. 그것만으로도 내 인생은 대성공이다.

참고 문헌

《자기애성 성격장애》(이치하시 히데오 저, 다이와 출판)

《거짓의 사람들 - 인간 악의 치료에 대한 희망 보고서》(M. 스캇 펙 저, 모리 히데아키 옮김, 소시샤 문고, 국내 출간)

《보이지 않는 도착적 폭력》(마리 프랑스 이리고양 저, 다카노 유 옮김, 기노쿠니야 서점, 국내 출간)

《양의 탈을 쓰다 - 웃는 얼굴로 칼 꽂는 사람 대처법》(조지 K. 사이먼 2세 저, 아키야마 마사루 옮김, 소시샤 문고, 국내 출간)

《사이코패스: 정상의 가면을 쓴 사람들 - 뇌 과학이 밝혀낸 당신 주위의 사이코패스》(나카노 노부코 저, 분순 신서, 국내 출간)

내가 아는 루민

초판 1쇄 발행 2025년 12월 17일
지은이 오카베 에쓰 | **옮긴이** 최현영 | **펴낸이** 최원영
편집부장 윤영천 | **편집부** 윤정원 김서연 이지윤 | **북디자인** 에넥도트
본문조판 양우연 | **국제업무** 박진해 조은지 박지현 남궁명일 | **마케팅** 김민원 조은걸
펴낸곳 (주)디앤씨미디어 | **출판등록** 2002년 4월 25일 제20-260호
주소 서울시 구로구 디지털로 32길 30 코오롱디지털타워빌란트 1301-1308호
전화번호 02.333.2513 | **팩스** 02.333.2514

ISBN 979-11-92738-66-6 03830

정가 17,500원

* 잘못 만들어진 책은 구매처에서 바꾸어 드립니다.